「ただのトウモロコシに見えるだろ？
でもな、歩くこともできるし、思考もできる。
いわば、ホムンクルスの類《たぐい》だな。」
「え!?
ホムンクルス!?」

エルウィード・ウィリス
今の世界で唯一「碧星級」の
地位を持つ天才錬金術師。
農業をこよなく愛し、
世界最高の農家をめざす。
プロト
エルウィードが生み出した、
ニンジン型ゴーレム、
元気で好奇心旺盛。

リタ・メディス
錬金術の名門、メディス家の娘。
エルウィードの初めての生徒。
リーゼ・ウィリス
エルウィードの最愛の妹。
優しいが、怒ると怖い。
セレーナ・ブリュー
女騎士。錬金術の名門、
ブリュー家のお嬢様。

百人近い錬金術師が
俺に錬金術を放ってくる。
だがそれは、お粗末すぎる。
圧倒的に遅い。
スッと右手を横に薙ぐと、
俺を中心にして
氷の領域が広がっていく。

史上最高の天才錬金術師はそろそろ引退したい

1

御子柴奈々
Mikoshiba Nana

ill ネコメガネ
Nekomegane

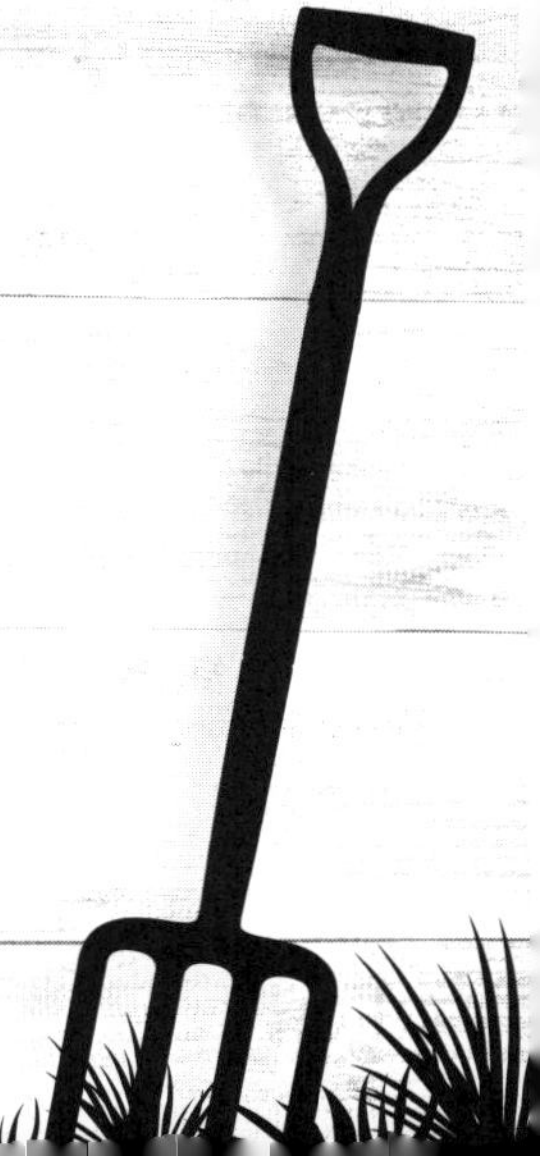

口絵・本文イラスト　ネコメガネ

C O N T E N T S

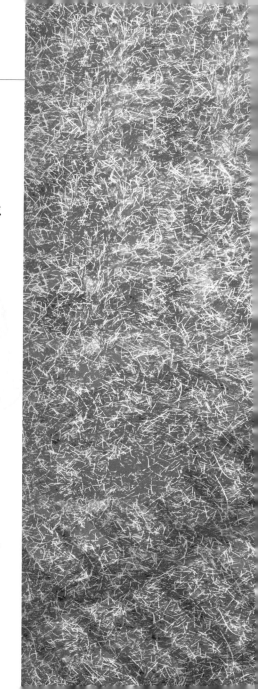

プロローグ　天才錬金術師《れんきんじゅつし》の日常

「……よし」

目が醒《さ》める。

農家の朝は早い。今日は四時に起床《きしょう》をして俺《おれ》は早速《さっそく》、紺色《こんいろ》の作業着へと着替《きが》えをすませる。

ちなみに家族が起きてくるのはもう少し後だ。

どうして俺が一番に起きるのか。

それはとある理由がある。

「おぉ。プロト。今日も元気か？」

「……！」

一見すればただの人参《にんじん》。

だがこれはホムンクルスの一種でもあり、正式に言えばゴーレムにも属する。俺が実験の末に生み出したゴーレム。

名前はプロトタイプから取って、プロトである。

ちなみにプロトは手足のようなものが生えているものの、直立歩行はまだできない。今はハイハイするのが限界である。

そして俺は机の上で元気に右手を挙げるプロトを優《やさ》しい目で見つめる。

「……！」

「む、どうした？」

実はこのプロト。意思疎通《そつう》を図《はか》ることができる。

最近は自己主張も激しくなっているので、俺としてはその成長具合には目を見張るばかりだ。

「……！」

「ふむふむ」

「……！」

「なるほど。それで？」

「……！」

「なるほど。全《すべ》て理解した」

プロトが両手を上げたり下げたりして、何やら俺に伝えてくる。

もちろん俺はその全てを理解した。

どうやら今日は、俺の仕事に付き合いたいと。

そう言っているようだ。

「では、プロト、行くか」

「……！」

俺はプロトを頭の上に乗せると、そのまま外へ向かって行くのだった。

「ふぅ……やはりまだ寒いな」

現在は二月下旬《げじゅん》。

そろそろ冬も終わりかと思うが、そんなことは全くなく容赦《ようしゃ》ない冷たさが俺たちを襲《おそ》う。

ちなみにプロトの防寒用の装備も作っているので、俺は丁寧《ていねい》にそれを着せてやった。

そして頭の上でプロトはちょこんと座《すわ》っている。

もちろん目には見えないので、なんとなく感じ取っている程度だが。

「さて、今日も耕すか……」

鍬《くわ》を持って、早速畑を耕そうとする。

現在は新しい農作物を育てるということで、俺はまだ更地《さらち》となっている地面をコツコツと耕し続けていた。

だがこの作業ならば、俺の家族でもできる。

俺がいち早くこの場所に来るのはさっき言ったある理由からだ。

「来たな……」

鍬を肩《かた》に抱《かか》え、俺が見据《みす》える先にいるのは……魔物《まもの》だ。

俺の家は森に近く、よくそこから魔物がやって来る。

畑を荒《あ》らし、農作物を食い散らし、最悪の場合人間すらも食い殺してしまう。

今日やって来たのは、狼《ウルフ》だ。

タイミングもちょうど良かったようで、群れでやって来た。

というよりも魔物はよく早朝に来るとわかっているので、俺はそれに合わせていつも早起きをしている。全く来ない日もあるが、こうして大量の魔物が来る時もある。

「グルウウウウウウゥゥゥウウウ……！」

先頭にいる群れのボスと思われる狼がこちらをじっと見つめながら、威嚇《いかく》して来る。奴《やつ》らの目的は、うちで育てている農作物だろう。

だがしかし、農作物は一つとして奴らにくれてやるわけにはいかない。

ちなみにこの狼だが、害獣《がいじゅう》の中でもかなり厄介《やっかい》な部類に入る。

人間が普通《ふつう》に立ち向かえば、瞬《またた》く間に殺されてしまうだろう。それに知性も高く、集団で行動をするため、専門の対応業者などを普通は呼ぶだろう。

だが俺は違《ちが》う。

俺はたとえ相手がどんな魔物であっても、対応するだけの力がある。

そして、狼たちは俺を取り囲むようにして位置どりをしてから、一気に俺の方へと駆《か》けよって来る。

途中《とちゅう》にある農作物には目もくれずに、一気に俺を仕留めに来る。

知性の低い魔物ならば、俺の存在を無視して農作物に向かうので対処が楽なのだがこいつらはそんなことはしない。

まずは外敵を殺してから、獲物《えもの》にありつく。

それに俺という人間すらも、獲物の対象である。だからこそ、こいつらは一気にその獰《どう》猛《もう》な歯を煌《きら》めかせながら、大地を駆けて来るも……。

「ふ。他愛《たあい》ないな」

そこでは俺が設置した錬成陣《れんせいじん》がくるくると回転していた。

そして地面からは大量の氷柱《つらら》が出現して一気に狼たちを貫《つらぬ》いていく。だが俺の錬金術《れんきんじゅつ》の本質はその先にある。

「グ、グウウウウウウ！」

体を貫いただけでなく、その氷は狼の体を包み込むようにしてさらに肥大化していき……一気にその動きを止める。

それから、こいつらは俺を一番危険だとみなしたのか、一斉《いっせい》に来るも……。

「賢《かしこ》い行動だが……相手が悪かったな」

そういうと、俺は地面に設置していた錬成陣をさらに発動。

ある工程を脳内で走らせると、俺はボスと思われる個体を狙《ねら》う。

「キャウン！」

そう声をあげて、その場に倒《たお》れこむ狼。

と、その瞬間。

俺の頭にいたプロトがバランスを崩《くず》したのか、ちょうど地面に落ちて行ってしまう。

「プロト！」

「……！」

今は狼など無視するしかない。

俺にとってはこのプロトこそが大切な存在なのだ。

俺はずっとプロトと一緒《いっしょ》にいた。

起きている時はもちろんだが、寝《ね》ている時もずっとプロトの側にいる。

意外と人見知りなところもあるので、こいつは俺が側にいないとダメなのだ。

でもそれは逆もまた然《しか》り。

俺もまた、プロトがいないと精神が安定しない。

そして俺はプロトに手を伸《の》ばして、地面に落ちる前にキャッチする。

「グウウウウウウウゥゥ!!」

その刹那《せつな》、目の前から飛びかかって来るのは……五匹《ひき》の狼。

このタイミング。間に合うわけがない。

錬金術には錬成陣の構築が必要である。あらかじめ物体や人体に錬成陣を刻んでいるならばまだしも、俺にはそんなものはない。

だが、俺はこの世界の中でも数少ない錬成陣なしでも錬金術を発動できる錬金術師である。

そして脳内で第一質料《プリママテリア》を組み込んで、一気に錬金術を発動。

プロトを抱《だ》きかかえたまま、目の前には氷の像が出来上がる。

俺はその体内から氷を発生させ、一気に狼を凍《こお》らせた。

「ふぅ……今日も無事に終わったな」

俺がそういうと、手の中にいるプロトもまたグッと手を上げる。

「……！」

「いや気にすることはない。そういう時もあるさ」

「……！」

「何？　労《ねぎら》ってくれているのか？」

「……！」

「いやいや。俺こそ、プロトのおかげでこうして毎日元気にやれている。お互《たが》い様《さま》というやつさ」

「……！」

「ふ、そうだな」

と、プロトとコミュニケーションを図っていると妹が遠くから声をあげて近づいて来る。

「おにーちゃーん！」

茶色の髪《かみ》を揺《ゆ》らしながら、我《わ》が最愛の妹であるリーゼが元気に俺の方に向かって走って来る。

「おぉ。リーゼ」

「今日も終わったの？」

「あぁ」

「今日は何が来たの？」

「狼だ」

「ええ⁉　めちゃくちゃ大物が来たね！」

「あぁ。でも俺に任せておけば、万事《ばんじ》問題ないさ」

「おぉ！　さすが、我がお兄ちゃん！　碧星級《ブルーステラ》の錬金術師は伊達《だて》じゃないね！」

「よせ。俺は世界最高の農家になる男だ。錬金術師としての称号《しょうごう》など、些事《さじ》に過ぎない」

「でも私は学校でよく言われるよ？　リーゼちゃんのお兄ちゃんって、史上最高の天才錬金術師のエルウィード・ウィリスなんでしょ、って！」

「まぁ……それはそうだがな」

　このカノヴァリア王国は錬金術大国である。

　もちろん、存在している錬金術師の質もまた、世界最高峰《さいこうほう》。

　そんな中で俺は農家出身であるが……その実、錬金術師の中でも最高位である碧星級の地位を史上最年少で取得。しかもそれは、今の王国では俺一人しかいない。いや、世界でも今現在では、俺しか持っていない称号だ。

　俺は農家としての誇《ほこ》りがある。

　しかし、農作物のために錬金術を学んでいく過程で、学校で専門的に学んだ方がいいということでカノヴァリア錬金術学院に入学。そこで俺はその碧星級という地位を手に入れた。

さらにすでに卒業も間近。

卒業論文は提出し、すでに審査《しんさ》も終わっている。

その時には色々とあったが、今は無事にそれも終わっている。

また俺の担当教官であるアルスフィーラ・メディスというやつがいるのだが……こいつには実は進路に関して色々と言われている。

史上最高の天才には、それ相応の進路があるとかなんとか……。

でもそんなことはどうでもいいので、俺は普通に聞き流している。

最近は妙《みょう》に真剣《しんけん》に語っているが、いい加減面倒《めんどう》になってきているが。

そして、あとは時間を待てば、俺は自動的に卒業になる。

そんな俺の進路は決まっている。この錬金術師としての階級などはどうでもいい。

卒業後は独立して……そして、俺は……。

世界最高の農家になると、心に決めているのだから——。

第一章　史上最高の天才錬金術師はそろそろ引退したい

「フィー、俺は引退する」

「……えええええ」

校長室に呼び出された俺は選択《せんたく》を迫《せま》られていた。

神聖暦《れき》一九九四年。俺は今年の三月にこのカノヴァリア錬金術学院を卒業する。青と白からなる制服を着て、わざわざこの場所へとやってきていた。またこの制服の胸には、俺の階級を表す星が五つほど刻まれていた。

その卒業進路について話があるらしい。

目の前にいるのはこの学院の校長にして、俺の担任だった先生である。

名前はアルスフィーラ・メディス。

メディス家といえば有名な錬金術師を数多く輩出《はいしゅつ》しており、名門中の名門だ。

そんな中でもフィーは超優秀《ちょうゆうしゅう》らしく、二十代後半にしてすでにこの学院を任されており、そのことは異例中の異例らしい。

見た目は金髪《きんぱつ》ロングの美女で、まぁ見てくれは悪くない。

鼻はスッと通っていて高さもある。

また、その双眸《そうぼう》はまつげが綺麗《きれい》に上がっており、まぁ……綺麗な部類に入る容姿だ。

いつものように仕事用の真っ黒なスーツに身を包んでおり、胸には星が四つほど刻まれている。

ただ性格は何かと口うるさく、うざったい部分もあったりする。

そして俺がなぜ、フィーに呼び出されているのか。

それは卒業進路が気にくわないというクソしょーもない理由らしい。

「ねぇ……本当に考え直して、あなたの進路は選《よ》り取《ど》り見取《みど》りなのよ！　王国の騎士《きし》にもなれるし、王室直属の錬金術師にもなれるし、ここだけの話……第三王女との婚姻《こんいん》なんて話も……さぁ、どれでも好きなのを選んで!!」

「錬金術師は引退する。はいこれ、バッジ。返上する」

「やめてえええッ!!」

ぽいっとテキトーにバッジを投げ捨てる。錬金術師にはランクが存在しており、銅級《ブロンズ》→銀級《シルバー》→金級《ゴールド》→白金級《プラチナ》→碧星級《ブルーステラ》と段階がある。階級が上がるごとに星が増え、最終的には星が五つになる。

俺はその最高の地位である碧星級を入学して一年で取った。

ランクごとに胸につけるバッジが変わり、今の俺の胸には碧星級のバッジがあった。

だがこんなものは錬金術師を引退する俺にはどうでもいい。だからこそ、この女の机にぽいっと捨ててやった。

「別に卒業するからいいだろ。名前ぐらいは書類に残してやるさ」

「……引退してどうするの？」

「はぁ？　俺の家の農家を継《つ》ぐに決まっているだろ？　今年は色々な農作物の品種改良に成功してな。それに、野菜の自立型二足歩行の術式の改良に成功したんだ。いやぁ、正直卒論書くより苦労したぜ……でもこっちは完全にペット化しているから、量産とかする気は無いけどな。可哀想《かわいそう》になって食べられなくなるし。あの術式はもっと違うところに活《い》かしたいと思っている」

そう、俺の生み出したトウモロコシは歩くのだ。歩いてしまったのだ。

完全自立型トウモロコシ。

多少のコミュニケーションもとれる素晴《すば》らしいものだ。

俺が低知能だが、完全独立型人工知能の研究を応用して取り込んでいるからな。

まぁと言っても、野菜に知能を宿らせるのはあまり良くないことだから、今後はしないのだが……。

実験的にやってみたら、偶然《ぐうぜん》成功してしまったというのが実情だ。

今後としては完全独立型人工知能の研究を、もう少し別方面に活かせればいいと思っている。

農作物の件はもう少ししっかりと考えていきたいが、今後のプランのためにも完全独立型人工知能の研究はしていきたい。

「はぁ……もうやめてぇ……あなたのその天才性はもっと別のところで発揮するべきよ……農家だなんてそんな……歩くトウモロコシは気になるけれど……はぁ……はぁ……卒論はもっと実用的ですごかったのに……」

「完全独立型人工知能の研究か？　驚《おどろ》いただろ？」

「えぇ……史上最年少で碧星級に至る要因となったあなたの卒論が、全て農作物に帰着しているなんて……全世界が驚くわよ……はぁ……はぁ……ねぇ、やっぱ考え直さない？」

「やだ。引退だ。厳密には錬金術は便利だから今後も使っていくが、錬金術師はごめんだ。制約が多いし、面倒臭《めんどうくさ》い。史上最年少で碧星級とか、王国騎士とか、王室直属の錬金術師とか、王女と結婚《けっこん》とか、どうでもいい。だってそれ、農家に関係ないだろ？　みんなも俺が錬金術師じゃなくなって嬉《うれ》しく思っているさ。ポストが一つ空くんだからな。まさに、ウィンウィン。そう思うだろ、フィー」

「フィーって呼ぶのはやめなさい。ちゃんとメディス先生か、師匠《ししょう》と……あぁでもあなた、碧星級なのよねぇ……はぁ……私よりも上なのよねぇ……」

「う……なんかすまん」

ちなみに、碧星級に至っている錬金術師は俺が王国で二人目だ。

一人目は錬金術師の祖がなっている。というよりも、その人がクラスを作り、自身を最高位である碧星級にしてしまったものだから、他の誰《だれ》かがそのクラスになるなどおこがましい……らしい。

俺にはいまいちよくわからない感覚だが。

だが俺の『トウモロコシの奇跡《きせき》プロジェクト』の一環《いっかん》である、完全独立型人工知能の研究が評価されて俺は晴れて史上二人目の碧星級になった。

ちなみに俺の研究を正当に評価しているわけではなく、意味不明なプロセスの結果、完全な人工知能が完成しているという部分を見て碧星級にしたらしい。

つまり、現在存在している錬金術師では俺の理論を理解できるものは一人もいない。

自分で言うのも何だが、史上最高の天才らしい。

だからこそ、フィーのやつが俺に箔《はく》を付けさせたいのも分かる。

王族との付き合いや、貴族の付き合い、など諸々《もろもろ》の事情があるのだろう。

でも俺には夢がある。それは自分の作った野菜や果物を全世界に売りたいという夢である。父さんの代では成《な》し遂《と》げられなかったが、俺ならできるかもしれない。そのために俺は錬金術を学んできたのだから。

「はぁ……はぁ……あなたの目的が本当に野菜と果物を世界に売ると知った時はもう……人生で初めて絶望したわ。いや、ほんとまじで」

「すまない。でも俺は、昔からの夢を果たしたいんだ」

「そうよねぇ……先生なら、教え子の夢を尊重すべきよねぇ……でも、エルウィード・ウィリスの名はもう有名すぎるのよ。この学院を卒業したものは例外なく、超有名《ちょうゆうめい》どころに就職しているわ。その中でもトップ中のトップ。歴史の中でも最高の錬金術師の卒業後の進路が農家を継ぐって……もう、死にたい……」

実はこの問答。すでに十回以上に及《およ》ぶ。

しかし時はもう卒業一ヶ月《かげつ》前。この女も本気で焦《あせ》ってきている。

そんなに俺をいいとこに就職させたいのかねぇ。俺は農業に身を捧《ささ》げると決めているのだが……。

「俺が農家を継ぐとフィーが大変なのか？」

「む、やっと聞く耳持ったわね」

「しつこいからな、お前が。そろそろ卒業も間近だし、話ぐらいは……と思ってな。でも歩くトウモロコシは絶対に売るからな」

「まぁそれはご自由にどうぞって感じだけど……私は困るわねぇ……ずっと、ずーっとあなたの進路に関してアプローチをかけられているの。それは貴族だけじゃなくて、王族からも。王女と結婚ってことは婿養子《むこようし》とはいえ、王族になるのよ？　もうほんと入学してから今に至るまで規格外だけど……王族になるとまで来るとも う……ね」

「でも俺は農家としての使命が……」

「うん。それはあなたの家とも話している。でもあなたの家族と親戚《しんせき》に至るまで、あなたは農家に向いていないっていうのよ？　ご両親からは是非《ぜひ》とも、碧星級の錬金術師としての道を歩んで欲《ほ》しいって……」

「家族と親戚の反対は百も承知。俺は卒業したら独立して、自分の工房《こうぼう》を持つ。そしてそこで史上最高の農家を生み出す使命がある」

「……で、錬金術はその手段なのよね？」

「そうだ。俺が入学した当初にもその話をしただろう？」

「まさか全科目満点、さらには実技試験も満点の天才が何をいうかと思えば……それだもの……もう、いやだぁ……」

「……ふむ」

フィーのやつは最近目のクマがすごい。美人だというのに髪はほつれ、ボサボサだ。疲《つか》れがよく見えている。

「フィーが疲れているのって俺のせいか？」

「私が言うのも何だけど……あなたが認知《にんち》される前までは私が史上最高の天才って言われていたのよ？　史上最年少で白金級の錬金術師になって、それで卒業して今の地位について……辛《つら》いことはあったけど……人生で一番の苦難はあなたの進路よ……もう、本当に……辛いの。毎日毎日、連絡《れんらく》が来るのよ？　エルはどこに行くのかって？　貴族、騎士、王族から毎日催促《さいそく》の連絡が来るのよ……？　もう……死ぬわ。きっと過労で私は死ぬのだわ……あはははははは……」

ぼーっと虚空《こくう》を見つめるフィーの表情はやばかった。なんて形容すべきかよくわからないが、やばいとしか言いようがない。

まぁここは俺も妥協点《だきようてん》を見つけるべきか。こいつには世話になったしな。

「……その話だが、引退は別に先延ばしにしてもいい」

「……ほんと!?　言質《げんち》とったからね!?」

「あぁ。でも条件がある」

「……ゴクリ。それは？」

「フリーランスならやってもいい」

「あー、なるほどねぇ。要は自分の研究の時間も取りつつ、空いている時間は別の仕事をすると？」

「本当は最近書き上げた錬金術の教科書の印税だけで暮らしていけるし、その他の特許もあるから金には困っていないが……錬金術を使った仕事なら別に多少の時間を割《さ》いてもいい。ふと名案が浮《う》かぶかもしれないからな。歩くトウモロコシの際にも、思わぬ時に閃《ひらめ》きがあったからな。外の世界に触《ふ》れておくのも、重要だと最近は思い始めてな……どうだろう？」

「うぅぅう、ありがとおおお。本当にエルはいい子ねえええ。もうお礼に何でもしてあげる。お金……はいらないか、なら結婚する？　この高倍率の私と結婚する権利をあげてもいいわよ？」

「いやいらない」

「うわあああ!!　無駄《むだ》に優秀《ゆうしゅう》だから私には貰《もら》い手《て》がないのよおお!!　釣《つ》り合《あ》う男がいないのよおおお!!　お見合いしてもみんな引いていくのよおおお!!」

「ま、頑張《がんば》れよフィー。いいことあるさ」

「……うん。今日からは安眠《あんみん》できそう。嬉しい、ありがとう、エル様」

そう言ってフィーは俺に向かって手を合わせて拝んで来る。

「気持ち悪いからやめろ。それで、リストはあるんだろ？　今選ぶ」

「ええええええ。また急ねぇ、この中でフリーランスで出来るのは……」

そうしてフィーは書類に線を引いていく。おそらくフリーランスになれない仕事に斜線《しゃせん》を引いているのだろう。

「はい。この中から選んで」

渡《わた》された選択肢《せんたくし》は数多くあった。

「この中で俺がやりたい仕事は……」

ざっとリストを見て、俺はすぐに決めた。

「よし、ならこれにしよう」

指さすとフィーは目を大きく見開いた。

「あなたには無理そうだけど……まぁいいでしょう。おそらく錬金術師《れんきんじゅつし》業界では今年一番のニュースになるでしょうね」

「まぁ、頑張るさ。片手間程度にな」

俺が選んだ仕事。

それはこの学院の非常勤講師だった。

こうして俺の教師としての生活が幕を開けようとしていた。


「ただいま〜」

「あ、おかえりお兄ちゃん！」

俺の家は学院から徒歩で一時間ほど離《はな》れた場所にある。

まぁといっても俺は屋根の上を伝って走りながら帰るので、十五分程度で家に到着《とうちゃく》できる。いやぁ錬金術ってほんと便利。

まぁこの使用法がフィーにバレたら大目玉だが、そこに抜《ぬ》かりはない。

しっかりと術式の隠蔽《いんぺい》と気配の遮断《しゃだん》はしているので大丈夫《だいじょうぶ》。

「で、学院に何で呼ばれたの？」

「進路の件だ」

「またぁ？　本当に農家継ぐの？　お父さんはもちろん、みんなやめろって言ってるのに？」

「リーゼ、俺は学院で非常勤講師をすることにしたよ」

「えええええ⁉　みんなあああああ‼」

妹のリーゼ・ウィリス。

こいつは思春期真っ最中だというのに妙に俺に絡《から》んで来る。

茶髪《ちゃぱつ》はセミロングで切《き》り揃《そろ》えられており非常に可愛《かわい》らしい。

ワンピースタイプの服を好んで着ており、今日は緑を基調とした服装をしている。

最近学校で男子に声をよくかけられるのだが、俺の名前を出すとみんなビビって逃《に》げるらしい。

ふん、俺の妹に手を出す奴は許さん。俺を超《こ》えてから出直してこい。

まぁそんなことも考えながら俺はリビングへと向かう。

そして俺がリビングに行くと、そこには父さん、母さん、姉のマリー、妹のリーゼがいた。

「……エル、お前本当に学院の講師になるのか？」

「父さん……あぁ、俺やるよ。フィーのやつも苦労しているみたいだしな。でも、俺の『世界最高の農家プロジェクト』はちょっと遅《おく》れるかもしれない……」

「いやそんな戯言《たわごと》はどうでもいいんだ……お前やっと、碧星級としての自覚が……！」

「いやそれはない。俺の夢は史上最高の農作物を生み出して世界を驚愕《きょうがく》させることだ。そうだ！　あとで俺の歩くトウモロコシをもう一度見てくれよ！　そうしたらみんなも納得《なっとく》するは……ず……？」

なんか妙に雰囲気《ふんいき》が暗い。どうしたんだ？

「エル……唐突《とうとつ》だが、お前ももう卒業だ。本当は成人してからいうつもりだったが、今日は進路もしっかりと決まったようだし……大切な話がある」

「……あぁ、わかったよ」

リビングにあるダイニングテーブルには、俺、父さん、母さん、姉、妹が並ぶ。家族勢《せい》揃《ぞろ》いなのは食事の時か、家族会議の時だけだ。

「実はエル……お前はうちの子じゃ……ないんだ」

「……ん？　何だって？」

「お前は父さんと、母さんの子どもじゃない」

「おいおいおいおいおい、待ってくれ⁉　だから父さんは俺が農家継ぐの反対してたのかッ⁉

俺が正当な農家の血を引いていないからッ⁉」

バカな⁉

俺が由緒《ゆいしょ》正しい農家であるウィリス家の血を引いていないだと⁉　なら、俺は誰なんだ
……⁉

「落ち着いてくれ、エル。お前は実は男の子が生まれないから、児童養護施設《しせつ》から引き取ってきたんだ。まだお前が二歳《さい》だったから記憶《きおく》がないと思うが……」

「ごめんなさいね、エル。でもあなたは私たちの家族なのに変わりはないの……」

父に続いて母がそう言ってくる。

待ってくれ。俺の誇りはなんだったんだ。この農家の血を誇りにしてきたのに……俺は、俺は……！

「ねぇ、エル。あんた本当に気がついてなかったの？」

「なんだよマリー姉さん。気がつくってなんのことだよッ！」

「髪、あんただけ色が違うでしょ」

「……はぁ？　それは隔世《かくせい》遺伝か何か……」

「うちの家は代々、みんな茶髪よ。父さんの家系も、母さんの家系も……なのにあんたの髪、白金《プラチナ》じゃない。色素かなり薄《うす》めの……」

「……な、んだと……俺は本当に正当な農家の血族じゃないのか……」

マリー姉さんのいう通り、家族はみんな茶髪だ。

母さんと姉さんはロングの茶髪。妹のリーゼはセミロングの茶髪。父さんは短髪《たんぱつ》の茶髪。そして俺《おれ》は、白金の長髪《ちょうはつ》。最近はポニーテールにしているが、学院でもよく褒《ほ》められていた。とても綺麗な白金の髪だと。

しかしこれは、そんな理由があったとは……なんてことだ……農家の血族ではない俺に……『世界最高の農家プロジェクト』が成せるのか？

「お兄ちゃん、凹《へこ》んでるけど……貴族じゃないんだから、農家に血は関係ないよ。それに私たちは血が繋《つな》がっていなくても家族だよ！　家族っていうのは血じゃないの。心の繋がりなんだよ!!」

「リーゼ……やはり、お前は天使だったか……」

「あんただけよ、そんなに農家を特別視してるのは。本当は私の方があんたみたいな錬金《れんきん》術師《じゅつし》になりたいぐらいなのに。それに……リーゼのいう通り私たちは家族よ。みんなそれを認めてる」

「姉さん、みんな……」

その事実を踏《ふ》まえたからこそ、俺は自分の計画を前に進める決心がついた。

そうだ。正当な農家の血族じゃなくても、俺は農家なんだ。ならばやることは変わらない。

「俺、家をでるよ。そして最高の農家になるッ!!」

「……そうか。分かった。すでに碧星級の錬金術師のお前に、いうことはないな。でも何かあったらいつでも帰ってこい。みんなお前を待っているからな！」

「ありがとう……父さん!!　みんな!!」

ということで、俺は家族の温かさを改めて認識《にんしき》するのだった。


世界を揺るがしかねない事件（農家の血族じゃなかったこと）が終わり、俺は自室へときていた。

この部屋とも、もうお別れか。そんな雰囲気に浸《ひた》っているとドアがノックされる。

「……これは、姉さんか？」

「入るわよー」

「あぁどうぞ」

姉さんは偶《たま》にこうして俺の部屋に入ってきては、錬金術関連の本を読《よ》み漁《あさ》る。

というのも、姉さんは実は学院の生徒なのだ。

凄《すさ》まじい努力の末にたどり着いた学院への切符《きっぷ》。俺は本当にマリー姉さんを尊敬している。

「……ねぇ、学院の講師ってことは……あんたが私を教える可能性もあるの？」

「さぁ……そこらへんはフィーに聞かないと分からないな」

「あ、そう。でも私と同時に入学したのに、あんたはもう卒業だなんて……」

「姉さん……そのことは……」

「いいのよ。あんたのその規格外の才能はもう、慣れちゃったから」

ちなみに姉さんは銅級《ブロンズ》の錬金術師だ。そしてさっき姉さんが言ったことだが、俺は姉さんと同時期に入学している。

姉さんは現在、十八歳。俺が十六歳で、妹のリーゼが十三歳。

そして俺と姉さんは二年前の同時期に学院に入学した。

錬金術学院の入学に明確な制限はないが、早くとも十六歳が目安。それで言えば、姉さんは優秀なのだ。

だが俺は史上最年少での合格を勝ち取り、さらには最低五年かかる卒業をたった二年で終えてしまった。

少しだが、姉さんには引け目を感じている。

俺と自分を比較《ひかく》して辛い日々もあったのに、俺には何も言わずに淡々《たんたん》と勉強を続けているのだ。

「……ねぇ、本当に農作物を世界中に売るの？」

「知ってるだろ？　俺がそのために錬金術を学んでいるって」

「知ってるけど……なんか実感なくて……ま、頑張りなさい！　父さんと母さんは反対してるけど、私はそんな錬金術師がいてもいいと思うわ」

「ありがとう、姉さん」

「それじゃ、幸運を祈《いの》るわ」

「あぁ……」

そうして姉さんは出て行った。

だが次の瞬間《しゅんかん》には、またノックが鳴る。

「リーゼか？」

「へへーん！　お姉ちゃんの次は私だよー！」

「今日もリーゼは可愛いなぁ」

「でしょ？　ふふん！」

そして、リーゼは部屋に入ってくるなり、俺に何かを渡してきた。これは……林檎《りんご》か⁉

「お前、この林檎……まさか」

「へへへ。食べてみてくださいよ、旦那《だんな》ぁ」

ガブッと一思いに食べてみる。そしてその瞬間、芳醇《ほうじゅん》な香《かお》りと共にぶどうの旨味《うまみ》が俺の口内に広がる……そうか、ついに完成したのか！

「どう？　お兄ちゃん」

「……ゴクリ。この林檎は完璧《かんぺき》だ。間違《まちが》いなく、ぶどうの味がする！」

「やった！　成功だよ！　お兄ちゃん！」

「あぁやったな！　リーゼ！」

俺たちは抱き合うと二人で喜びを分かち合う。

リーゼは俺と同様に農作物に対するこだわりが強く、ここ数年品種改良のための錬金術《れんきんじゅつ》を俺自らが教えている。

分担して、俺が野菜。リーゼが果物を担当している。

俺の農作物とリーゼの『林檎みたいだけど、実はぶどう』を商品化すれば間違いない……農家業界に革命が起きる……！

「ねぇお兄ちゃん。一人暮らしするんでしょ？　お家に行ってもいい？」

「当たり前だろ。俺とリーゼは同じ道を志す同志だ。近日中にリーゼの部屋と俺の新しい部屋を空間ごと繋ごう。行き来は一瞬《いっしゅん》さ」

「やった！　お兄ちゃん大好き!!」

そうして再びリーゼが俺に抱きついてくる。

そうだ。

こういう時のために錬金術を学んだのだ。

便利に使うために。だが、空間転移の錬金術はフィーに口外するなと言われている。

でもまぁ、リーゼと俺にしか使えない錬金術だからいいだろう。使っても……！

「それでね、次の果物なんだけど……」

「ふむふむ。それなら、あの術式が……」

そうして俺たちは次なるテーマに取り組むために、深夜まで議論を交《か》わすのだった。

◇

私の名前はリタ・メディス。

錬金術師の名門、メディス家の娘《むすめ》だ。

と言っても私の家は分家で正当な後継者《こうけいしゃ》にはなれないけど、それなりに錬金術に関して自信がある。

何と言っても平均して二十歳《はたち》の入学が普通《ふつう》なのに、学院に十七歳で入学したのだ。

これには親族みんながフィー姉さんの再来だと喜んでいた。

アルスフィーラ・メディス。

従姉妹《いとこ》のお姉さんで、本家の正当な後継者だ。貴族であるうちの家が威厳《いげん》を保っているのも、フィー姉さんのおかげだ。

そしてなんと、私はフィー姉さんのコネであの天才錬金術師であるエルウィード・ウィリスのたった一人のゼミ生になった。本当にフィー姉さんには感謝しかない。

そして、満を持して私はやってきた。このカノヴァリア錬金術学院へ。

青と白を基調とし、所々金の装飾《そうしょく》のあるこの制服は、この学院にふさわしいものだと思う。

「うわぁ……広いなぁ……」

私がやってきたのはこの学院で一番大きな教室。

学院のシステムとして、午前中から午後過ぎにかけて授業があり、午後から夜にかけてゼミでの実習や自由時間となっている。

入学初日は異例の事態で、入学式の直後になんとエルウィード・ウィリスの生講義が行われるのだ。

ちなみに私は最前列でフィー姉さんの隣《となり》。

非常に申し訳ないが、エルウィード・ウィリスの講義をこの目に焼き付ける必要がある。

「フィー姉さん、エルウィード・ウィリスさんってどんな人なの？」

「前にも言ったけど……脳内は農作物で一杯《ぱい》だわ。本当、今日もうまくやれるか心配で……」

「え？　碧星級のエルウィード・ウィリスといえば、天才中の天才でしょ？　何か心配が？　それに農作物ってフィー姉さんの冗談《じょうだん》じゃないの？」

「冗談だったら……良かったのにね」

そう話していると、エルウィード・ウィリスが入ってくる。

あぁ、あの人が私の先生になるんだぁ。エル先生って呼ぼうかなぁ……。

そんなエル先生は白金《プラチナ》の長髪で、身長は十六歳にしては高い百八十三センチ。

ビシッと決めた真っ黒のスーツは彼《かれ》の髪《かみ》と相まって本当に綺麗に見える。

顔もまた超美形《ちょうびけい》。私の主観があるかもだけど、本当にかっこいい。今日は長髪をポニーテールとまではいかないまでも、下の方で一つに結《ゆ》っている。

そして入ってきたと同時に、室内が少しざわつき始める。

「みなさん、ご静粛《せいしゅく》に……」

エル先生がそう言うと、シンと静まり返る。

あぁ……ハスキーな声も本当にかっこいい。もうこの世の全《すべ》ての理想を詰《つ》め込んだような人なのに、錬金術までもが天才的だなんて……。

そううっとりと浸っていると、エル先生は早速《さっそく》講義を始める。

「本日の講義ですが、私が提唱した元素理論《げんそりろん》を取り入れた錬金術の再構築についてのお話です。では教科書の十二ページをご覧ください」

あれ？　先生ってば、教科書を見ていないのになんでページ数が？

まぁとりあえず、十二ページっと。

なんと、今回の講義では全員に教科書が無料配布されている。

しかもこの教科書は本年度から採用される新しいものだ。

エルウィード・ウィリスは天才だ。

しかし天才たるには実績がいる。

そんな彼の最も有名な実績は元素理論の提唱にある。

これまでの錬金術は錬成陣《れんせいじん》を描《えが》いて魔力《まりょく》を込めれば発動すると言うものだった。そのプロセスは謎《なぞ》で神秘的なもの、いや神からの贈り物《おくりもの》だとされていた。だがしかし、錬金術師とは理論を突《つ》き詰めるものである。なぜ錬成陣に魔力を込めれば錬金術が発動するのか……それを研究してきた錬金術師は、錬金術二百年の歴史の中で数多くいた。そしてそれにピリオドを打ったのが、エル先生だ。

学院に入学して半年、彼はある論文を公開した。

タイトルは『元素理論と錬金術の再構築について』だった。

その内容の全ては理解できないが、概要《がいよう》は確かこうだ。

錬成陣はこの世界に溢《あふ》れている第一質料《プリママテリア》にアクセスするツールであり、魔力はそのツールを動かすエネルギーである。

ここで登場したのが第一質料。

これを発見し、元素理論というものを考え、それを錬金術に応用して、これまでの錬金術の概念《がいねん》を百八十度変えてしまった。

これこそがエル先生の史上最高の天才と言われる所以《ゆえん》だ。

「ではまず、第一資料の説明から致《いた》しましょう。第一質料とは万物《ばんぶつ》の根幹に眠《ねむ》る粒子《りゅうし》です。肉眼では確認《かくにん》できませんが、第一質料は空気のように満ちているのです。さらには、我々の身体にも。人の身体とは遺伝子、突き詰めればＤＮＡが根幹となっているのはご存知《ぞんじ》かもしれませんが、そのＤＮＡもまた第一質料によって構成されているのです」

先生は黒板に簡易的な図式を書いていく。

人間↓ＤＮＡ↓第一質料

それを見て、周囲から感嘆《かんたん》の息が漏《も》れる。

話している内容もそうだが、初学者にも分かりやすいように噛《か》み砕《くだ》いて話しているのがよく分かる。

抑揚《よくよう》もしっかりしていて本当に聞きやすい。

これが初講義というのだから、先生は本当に天才なのだ……となぜか私が誇《ほこ》らしく感じてしまう。

「これを錬金術に応用するとどうなるか。既存《きそん》の錬金術では、錬成陣に完全に依存《いそん》していました。例えば……」

先生は黒板に五芒星《ごぼうせい》の錬成陣を描くと軽く魔力を込める。

すると、ポンっと薔薇《ばら》の花が生成される。これは基本的な錬金術だ。万物の生成。基本中の基本である。

「このように五芒星の錬成陣に、この文様を加えれば薔薇ができます……しかし、私が提唱した元素理論を元に構築した錬金術を用いれば……」

先生はぐっと手を握《にぎ》る。

あれ？　錬成陣は描かないの？

そう思っていると、エル先生の手からは薔薇が溢れ出《だ》して、ピカッと光るとそれはお店でもらうような薔薇の花束になっていた。

「え……⁉」

思わず声が出る。

錬成陣なしでの錬金術⁉

そんなこと出来るの⁉

周りの人も驚愕に目を開いている。あまりにも驚きすぎて、声が出ていないようだった。

「このように錬成陣は必ずしも必要ではありません。必要なのは明確な心的イメージ、第一質料、そして魔力の三つです。そうすれば私のように錬成陣なしの錬金術ができるようになります。そして……」

それから先は本当に夢のような時間だった。

そして、講義は無事に終わった。今年度から錬金術の世界は変わる。そんな確信を私だけでなく、ここにいた全ての人間が抱《いだ》いたはずだ。

「ううぅぅぅ……エルうぅぅ、よかったよおおお‼」

講義が終わり、皆《みな》が拍手《はくしゅ》していると、隣でフィー姉さんが泣いていた。フィー姉さんはエル先生の師匠だからきっと誇らしいのだろう。

そしてこの後はゼミの時間になるということで、私はフィー姉さんに彼を紹介《しょうかい》してもらった。

「リタ。あなたの先生であり、師匠になるエルウィード・ウィリスよ。挨拶《あいさつ》なさい」

「え……と！　あの！　リタ・メディスと申します！　エルウィード・ウィリス様にお会いできて、こ、光栄です！」

「はは、様はやめてくれ。先生か師匠でいいよ。それに俺の方が年下だしね」

「えっとじゃあ、エル先生で……」

「あぁよろしく、リタ。君が俺の初めての生徒だ」

きっと顔は真っ赤になっているに違《ちが》いない。憧《あこが》れの人に触れられたのだ、もう……思い残すことはない。

「じゃあ、このまま研究室に行こうか」

「は、はひ……」

「じゃあ、エルくれぐれも……よろしくね？　うちの可愛い妹をね？」

そうして私は先生の後ろをついていきながら、自分の幸福を噛み締《し》めるのだった。

◇

卒業式。今日は神聖暦《れき》一九九四年、三月二十日。カノヴァリア錬金術学院の卒業式の日であり、俺はいつものように制服で学内を歩いている。

卒業式の会場である大聖堂に向かっていると、俺は後ろから声をかけられる。

「あら？　エル、お一人ですの？」

「あぁ……セレーナか。なんだか久しぶりだなぁ……」

「そうですわね。それと聞きましたわよ、あなたこの学院の非常勤講師になるって……」

「厳密には工房の立ち上げの片手間だ。どうしてもフィーが自分の紹介したところで働いて欲しいとうるさいからな」

「えぇ……本当にアルスフィーラ先生の苦労は分かりますわ……あなた、あの歩くトウモロコシを売ることに専念しようとしたでしょう？」

「もちろんだ。さすが、セレーナは「はぁ……よく分かってるな」

ニヤッと笑うと、セレーナは「はぁ……」とため息をつく。

セレーナ・ブリュー。

服装は俺と同じだが、金髪《きんぱつ》の毛は縦ロールに巻かれている。

まぁ……いつも通りのお嬢様《じょうさま》の風貌《ふうぼう》を保っている。

またセレーナは三大貴族の一つで、ブリュー家の長女だ。

ちなみに、三大貴族はメディス家、ブリュー家、バルト家の三つだ。

どれもが錬金術の名門で、一応俺はこの学院で、この三つの家の直系と交流を持った。

まぁといっても難癖《なんくせ》をつけられた……といったほうが正しいのかもしれない。

セレーナはその中の一人だ。入学した当初、「私はあなたみたいな農民は認めませんわ！」と俺に対して憤《いきどお》りを感じていたのだ。

彼女《かのじょ》は農民出身であることに加えて、史上最年少入学、さらには入試でペーパーと実技の両方が満点だったのが悔《くや》しかったらしい。

俺はいつも付きまとうセレーナに辟易《へきえき》していたが、二年の付き合いの中で多少は仲良くなっていた。というのも、俺の錬金術を本気で史上最高のものと認めたからだ。

最後には、「負けましたわ……」といってから態度は緩和《かんわ》した。

それから、俺とセレーナともう一人の三人で、この学院に畑を勝手に作って……『歩くトウモロコシ』のプロトタイプである『ハイハイする人参《にんじん》』を偶然《ぐうぜん》作ってしまった。

正直いって、俺の『世界最高の農家プロジェクト』の一端《いったん》を担《にな》っている。

そして俺はそんなセレーナと個人的な契約《けいやく》を交わしている。

「エル、覚えていますわよね？」

「契約のことか？」

「ええ。私は騎士《きし》になります。錬金術を使える騎士は重宝されますし、この国の誇り。そしてあなたは私の能力向上に今後も付き合う……」

「んで、お前は俺のプロジェクトを手伝う」

「ふん。分かっているのなら、いいですのよ」

そう俺たちは互《たが》いの目的を果たすための利害関係を結んでいる。

セレーナにはまだまだ錬金術師として甘《あま》いところがある。

卒業して金級の錬金術師になるとはいえ、俺が提唱した錬成陣なしでの錬金術はまだ得意ではない。

戦闘《せんとう》において錬成陣なしの錬金術は最大の強みとなる。

彼女は卒業までにマスターできなかったが、それでも俺の下《もと》でまだ修行《しゅぎょう》したいらしい。

さらに、俺に関してだが……実は完璧な天才と思われているが不得手なことはある。

俺は錬金術を物質に組み込むのが苦手で、どうしても自己流でやり過ぎてしまう。

その点をセレーナは補ってくれる。正直、『歩くトウモロコシ』は俺だけじゃなく、俺たちの研究成果だ。

きちんと論文の謝辞にはセレーナの名前を入れてある。「そんな、名前なんて入れないでいいですわよ！　私の家に恥《はじ》なんて……残したくありませんもの……」と虚《うつ》ろな目で言っていたが、まぁツンデレな彼女のことだ。

本心ではないのだろう。

すでに提出した論文にはセレーナの名前は入っているので安心して欲しい。

「じゃ、またお前の家にお邪魔《じゃま》するよ。お菓子《かし》、美味《うま》いしな！」

「……まぁ、偶にならでもお母様には気をつけて……本当に私とあなたを結婚《けっこん》させたがっているようですから……」

「大丈夫だ。俺は夢を果たすまで結婚はしない。世界に俺の農作物を広めるまでやることが目白押《めじろお》しだからな……ふ」

「ええ……どうか永遠にそのままで……」

「じゃあ、また後でな。どうせ、記者に一緒《いっしょ》に写真も撮《と》られるしな」

「ええ、ではまた」

丁寧《ていねい》にお辞儀《じぎ》をすると、セレーナは去って行った。

やっぱりあいつも貴族のお嬢様なんだよなぁ……と思いながら俺は大聖堂へと入って行った。

「……ここか」

中に入るとあまり人はいなかった。

早く来すぎたようだが、まぁいい。

本でも読んでいるか。

俺はポケットに忍ばせていた農作物についての書籍を読もうとするが、そんな時に隣か

ら声をかけられる。

「師匠！　早いですね！」

「あぁ……フレッドか。お前も久しぶりだなぁ」

「師匠、講師になられるようで。おめでとうございます。今度うちの家から贈り物をいた

しますよ。　就職記念です」

「そうか？　なら隣国の農作物で頼む。俺は独立して自分の農作物専用ラボを作るからな。

他国のものもリサーチしときたい」

「御意に……それにしても、早いですな。師匠も感極まって早めに来たのですか？」

「いや、ただの習慣かな。それに後でフィーと打ち合わせもあるしな。ここで待つことに

するさ」

「そうですか。それにしてもあっという間の二年間でしたな。私は卒業に八年もかかった

のに、師匠は二年とは……本当にすごいお方だ」

「懐かしいなぁ……出会った時はお前もセレーナと同じように俺を敵視していたからなぁ

48

……」

「いやはや、お恥《は》ずかしい」

ぽりぽりと頬《ほお》を掻《か》くこいつは、フレッド・バルト。

短髪に刈《か》り上《あ》げられた黒髪《くろかみ》にガタイのいい体。着ている制服の上からでも、その確かな厚みが分かるほどだ。

俺は身長百八十三センチと高い方だが、フレッドは百八十六センチともっと高い。

そしてこいつは三代貴族の一つ、バルト家の次男だ。こいつもセレーナと同じように俺に喧嘩《けんか》をふっかけて来た。「ふん、ただのガキじゃないか。軽くひねってやるよ」と言って来て、逆にひねってやると俺のことを師匠と呼びなぜか付き従うようになった。

俺とセレーナとフレッド。この三人でよくバカをやったものだ。

と言ってもほとんどは、俺が勝手に学院に農作物を作ってそれがパニックになるという事の繰《く》り返《かえ》し。

碧星級の錬金術師だったから良かったものの、『野菜の大反乱事件』は危《あや》うく退学になる事態だった。

それはちょうど俺が人工知能の研究の最終調整で、野菜たちに思いつきで低知能を与《あた》えた時だ。出来るとは思っていなく、本当に偶然生まれてしまった。

そして知性を得た野菜たちは学院に散らばり暴虐《ぼうぎゃく》の限りを尽《つ》くした。

俺はそれを止めるために空間転移の錬金術を閃《ひらめ》くのだが……今となっては本当に懐かしい。

「確かフレッドの就職先は……」

「セレーナと同じ騎士ですよ、師匠。でも私は錬成陣なしの錬金術をマスターしましたから、彼女とは異なりいきなり正採用の騎士です。見習いではないと、通達が先日ありました」

「なるほど、それはめでたい話だな。何か祝い品でも……何がいい？」

「そんな！　私には恐《おそ》れ多《おお》いですが……その……言いにくいのですが、師匠はラボを立ち上げるらしく、それに協力したいと思いまして……」

「本当か!?　いやぁ、メンバーがなかなか集まらなくて難儀《なんぎ》していたところなんだ。空いている時間でいいから手伝って欲《ほ》しい」

「本当は師匠と二人で独立をしたいのですが……私にも家の事情がありますので……」

「貴族の義務だろ？　貴族の義務《ノブレスオブリージュ》なら仕方ないさ」

「……師匠、今後ともよろしくお願いします」

「あぁ！」

俺たちがガシッと握手《あくしゅ》をしていると、フィーのやつがひょこっと現れた。

「フィー、空間転移の乱用はダメじゃないのか？　お前の言葉だろ？」

「今日はいいでしょ！　忙《いそが》しいんだから、ほんと……じゃあ行くわよ。フレッドもまたね。ちょっとエル借りるから」

「ええ。先生もお忙しいようですからね。師匠をよろしくおねがいします」

そうして俺とフィーは卒業式の打ち合わせの最終調整をするのだった。

舞台袖《ぶたいそで》にやって来て、俺たちは今日の段取りを確認する。

「いい……あなたはやればできるの！　擬態《ぎたい》しなさい……史上最高の天才にね……農作物には触《ふ》れない事！　答辞は覚えた？」

「あぁフィーにもらったものを完璧に覚えた。抜かりはない」

「よし……今日はこの後にパーティもあるわ。いい事、擬態よ、擬態。三大貴族に王族も来るのよ……ここでボロが出れば、あなたの農作物計画もおじゃんよ」

「『世界最高の農家プロジェクト』な」

「そう、それが妨害《ぼうがい》される可能性があるのよ。それの計画の発表は隠匿《いんとく》しなさい。少なくとも私の権力がもっと上に行くまではね。今のままだと他の貴族と王族に潰《つぶ》されるわ」

「はぁ……権力闘争《とうそう》も大切だな。まぁいいさ。今は雌伏《しふく》の時。能ある鷹《たか》は爪《つめ》を隠《かく》すともいう……俺は来《きた》るべき日のために最善を尽くすだけだ……」

「そうよ……あなたはできる！　今日のあなたは史上最高の天才錬金術師、エルウィード・ウィリスよ。農作物バカのあなたは、今日はいないのよ？　いいわね？　家に帰るまでが卒業式よ？」

「なんだその小学生の遠足みたいな例えは」

「例えじゃないの！　ただでさえ……あなたの進路は色々と問題があるんだから……頼むわよ。私にも限度があるのよ。いい？」

「そんなに念を押《お》すほどか。任せておけ、今日は表徴《ひょうちょう》になってやるよ。天才というな」

ニヤッと笑うと、フィーもニヤッと笑う。

そうだ。今日の俺は天才錬金術師、エルウィード・ウィリス。天才農家の俺ではない。

そう言い聞かせて、俺は卒業式に臨《のぞ》んだ。

「……ふぅ、終わったな」

俺は卒業証書を片手に外の風に当たっていた。卒業式は大成功だ。最後にフィーの発案で俺の錬金術も軽く披露《ひろう》した。天井《てんじょう》から桜吹雪《ふぶき》が出現し、キラキラと舞《ま》いながら消えて行く幻想的《げんそうてき》な光景。これもまた、あの時の件で生み出したものの副産物だが、いい感じに演出できてよかった。

「お兄ちゃーん！」

「おぉ。リーゼ！　それに姉さんも！」

「さまになってたわよ。エル」

正装に身を包んだリーゼとマリー姉さんが近寄って来る。だがしかし、両親の姿がない。

「父さんと母さんは？」

「マスコミに捕《つか》まったわ。多分しばらくはこっちに来られないでしょうね」

「そうか……迷惑《めいわく》をかけるな」

少しシュンとなっていると、リーゼが俺に飛びついて来る。

「お兄ちゃん！　かっこよかったよ！　これで、独立できるね！」

「あぁ！　俺は野菜、お前は果物！　そして……」

「残りは私たち……という事ですわね」

「師匠！　探しましたよ！」

そこに合流したのはセレーナとフレッド。

フレッドはここにいる全員に対して丁寧に接するので大丈夫《だいじょうぶ》だが、問題はリーゼとセレーナだ。

「あらあらあらぁ？　リーゼ、また背が低くなりました？　胸も平坦《へいたん》なままで……あぁ！

私が成長して、あなたが相対的に小さく見えるのですね！　これは失礼！　おほほほほほ！」

「……脂肪《しぼう》ババア」

「ちょっと！　その発言はよろしくなくてよ！」

「あんたも同じだよ！　人のことをバカにして！　お兄ちゃんのパートナーは私！　いい⁉　私なの！」

「あらあら。ふふふ、まぁ今は喚《わめ》いていなさいリーゼ」

「ムカつく！　その余裕《よゆう》がムカつく！」

ワイワイと騒《さわ》ぐ二人。

犬猿《けんえん》の仲だが本当に仲が悪いわけじゃない。悪口を言い合うのもコミュニケーションの一つだ。

ヒュッと清々《すがすが》しい風が吹《ふ》く。

まるで天が俺たちを祝福しているかのように今日は晴れている。

どうか、俺の農家としての人生が上手《うま》くいきますように……。

そんなことを祈りながら……神聖暦一九九四年、三月二十日。

俺はカノヴァリア錬金術学院を史上最年少で卒業した。

第二章　新しい日常がやってきた！

「エル……あなたってやっぱり天才なのね」

「そうか？　そんなに上手くできていたか？」

「ええ。プロ顔負けよ。本当に初めて？」

「もちろん。それはフィーも知っているだろう」

「そうだけど……くッ！　本当にあなたの才能が憎《にく》い！」

学院内にある一番大きな教室。

そこで俺《おれ》は模擬《もぎ》授業のリハーサルをしていた。

現在は元素理論《げんそりろん》の解説と、新たな錬金術についての概要をざっと授業してみた。使用する教科書は俺がフィーに懇願《こんがん》されて作ったもので、ページ数まで完璧に頭に入っている。

全て俺の手のひらにある情報ならば、伝えることは容易《たやす》い。それにリーゼに錬金術を個別指導しているからか、噛み砕いて教えるのは得意だ。

今回の特別授業はなんと予約制でとんでもない倍率の抽選《ちゅうせん》だったらしい。

今でも街では俺でさえ目玉が飛び出るほどの高額でチケットの転売が行われているとか、なんとか。

でもまぁ、フィーからのお墨付《すみつ》きならば当日は大丈夫だろう。

しかし、擬態するのも疲《つか》れる。本当は農家としての道を進めたいのになぁ……。

「あ！　それと、エル。あなた、非常勤講師については黙《だま》っていなさい」

「えぇ……まだ何かあるのか？」

「大ありよ！　あなたは常勤の講師になるのでさえ疑問符《ぎもんふ》がつくのに、非常勤だなんてバレたら……死ぬわ、私が」

「……お、おう。フィーが死ぬのは俺も嫌《いや》だしな。善処しよう。それにバレたら口封《くちふう》じすればいいだろ？」

「うーんそうだけど……王族はまぁ、関係ないと思うけど……この学院には多くの貴族がいるわ。それにあなたをよく思っていない人も。農家として生きたいなら、徹底的《てっていてき》に擬態することね」

「……できるかなぁ」

「やるのよ！　あなたはできる！」

「うーん。迸《ほとばし》る熱いパトスが溢れ出《で》たらすまんな」

「抑《おさ》えて。時にはクールに生きるのも農家として必要な資質よ」

「まぁ……一理ある。それで入学式は俺も挨拶するのか？」

「もちろん。卒業式みたいな派手な演出はいらないけど、なんかこう……クールで澄《す》ましてる？　いかにも天才っぽい感じでよろしく！」

「はいはい。いつものやつな。卒業式と同じ感じで構わないだろ」

「そうそう！　はぁ……やっと私も安眠《あんみん》生活が送れるわぁ……」

「なんだ、まだ苦労していたのか？　俺の進路は確定して、すでに国中に広まっているが……」

「それが聞いてよ！　なんかぁ、碧星級《ブルーステラ》が学院の講師だなんてけしからん！　とか思っている連中がいてぇ……一応あなたは研究者として登録してあるからいいけど……はぁ、神秘派の連中なのよねぇ、こういうこと言うのさぁ……もう疲れちゃう」

机にぐでーっと、体を預けるフィー。

だらしない格好だが、もう見慣れてしまった。

他の連中は、フィーは超できる女と思っているが、結構打たれ弱い。俺が定期的に愚痴《ぐち》を聞くのも当たり前になっている。

「なるほど……神秘派が絡《から》んでいるのか。面倒《めんどう》くさいな。奴《やつ》らは俺をすげー敵視しているからな」

錬金術には主に二つの派閥《はばつ》がある。

それは神秘派と理論派と呼ばれている。

神秘派は、錬金術は神からの贈り物であり、その所業を暴《あば》くなどけしからん！　と考えている連中だ。

一方の理論派は錬金術とは緻密《ちみつ》な理論のもとに成り立っており、その全てを暴き出すのが錬金術師《れんきんじゅつし》の本業である、と考えている連中。

もちろん俺はどちらにも所属していない。

しかしどうにも俺の元素理論は理論派にとっては最大の所業らしい。

なぜか俺が理論派のトップだと思い込んでいるやつがほとんどだが、別に神秘だとか理論だとかはどうでもいい。

如何《いか》に農作物の品種改良に錬金術が応用できるのか。その一点だけだ。

俺が錬金術に価値を見出《みいだ》しているのは。

その二つの派閥はずっと対立しており、貴族にも未《いま》だにそんな派閥が多い。

そしてその対立中に俺が、元素理論、それを応用した完全独立型人工知能などを生み出したから理論派はこれでもかと俺を使って神秘派を叩《たた》きまくったらしい。

全てはフィーに聞いたことだが、本当に面倒臭《めんどうくさ》い。

フィー曰《いわ》く、そろそろ実害が出てもおかしくないと言われている。

もう嫌だぁ……俺に農業をさせてくれぇ……。

そう考えてシュンとしていると、ガバッとフィーが起きる。

「よし！　今日も頑張《がんば》るぞ！」

「おー！」

そうして俺たちは入学式までに入念な準備をさらにしていく。


桜舞い散《ち》るこの季節。やってまいりました入学式。

今日の俺はフィーのコーディネートした服装に身を包んでいる。

と言っても髪を一つにまとめて、スーツをきているだけだ。

だがこのスーツ……耳を塞《ふさ》ぎたくなるほどの値段らしい。

さらには左腕《ひだりうで》にチラッと見える時計。

これはさらに高額で、身につけているのも嫌になる。俺は確かに結構稼《かせ》いでいるが、金銭感覚は庶民《しょみん》だ。なぜならば由緒《ゆいしょ》正しい農家の血族だからだ。

血は繋《つな》がっていなくとも、心の在り方なのだ。農家とは。

日々節約をし、常に消費者に美味《おい》しい農作物を届けることを考える。それが俺の目指す最高のスタイル。

「見て、あれって……」

「声かけてみようかな……」

「かっこいい……すごいなぁ」

うん。すっげ、見られてる。

俺は大舞台《おおぶたい》に立つのは慣れていない。もともと内向的な性格なんだ。目立つのはごめんだ。

「あれ?」

「あれ? 今エル先生いなかった?」

「エル様が消えた⁉」

俺はすぐさま認識阻害《にんしきそがい》の錬金術《れんきんじゅつ》を発動。相手の無意識に干渉《かんしょう》し、脳内にある第一質料《プリママテリア》をハッキング、そして視覚情報から俺の姿を消す。

これは『羽ばたく玉ねぎ』を生み出す時にできた技術だが、結構便利で重宝している。

そうして俺は誰《だれ》にも見つかることなく、フィーと合流するはずだった。

うん、はずだった。

だと言うのに、俺が人目のつかないところに入った途端《とたん》、肩《かた》がポンポンと叩かれたのだ。

「……エル様、ご無沙汰《ぶさた》しております」

「これはこれは……アリス様。こちらこそ、ご無沙汰しております。それじゃ！」

「……お待ちなさい？」

「ひぃッ！」

俺を襲《おそ》っている女。こいつの名前は、アリス・カノヴァリア。

御察《おさっ》しの通り、この国の王族だ。第三王女で俺と婚約《こんやく》の噂《うわさ》がある人でもある。以前から付き合いがあり、卒業式のパーティでは危うく本当に婚約させられそうになった。

そんなこいつの見た目は、この国の象徴《しょうちょう》である青を基調とした服装に、艶《あで》やかな真っ青な髪。プロポーションも抜群《ばつぐん》で、王女の中では一番の美人。よくメディアにも『美しすぎる王女』とプロモーションされている。

だがそれは世間の認識《にんしき》。俺は知っている。この腹黒女の正体を。ニコニコと愛想《あいそ》を振《ふ》りまきつつ、相手を追《お》い詰める。

俺を追い詰めるのにも……「ふふ。錬金術など使わなくとも、人心掌握《しょうあく》など容易いのですよぉ。エル様ぁ？」と迫《せま》ってきたことがある。

この女は俺がぶっちぎりで避《さ》けたい女ナンバーワンだ。

しかしこいつ切れる頭もあるくせに、錬金術の適性もピカイチ。年齢《ねんれい》は俺と同じ十六歳《さい》で、この年齢でここに入学できるだけでも優秀《ゆうしゅう》だ。コネはない。この学院は王族でも容赦《ようしゃ》なく落とすことで有名だからだ。まぁといっても、入学の時は俺も色々と協力したのだが。主に受験勉強的な意味で。

そして極《きわ》め付《つ》けは、俺の錬金術に対してやたら抵抗《ていこう》できるのだ。

今回も並みの錬金術師では気がつかれないはずだった。技量としては金級《ゴールド》クラスのものだと言うのに、この女は気がつくのだ。

本当に忌々《いまいま》しくてため息が出る。

「はぁ……アリス王女、何かご用ですか？」

「あら？　未来の旦那様《だんなさま》にご挨拶するのはおかしいのかしら？」

「挨拶は別に構いません。しかし、未来の旦那様は間違《まちが》いです」

「あらあらあら。私が本気を出せば、あなたの農家としての事業は無くなりますよ？」

「……くそッ!!　相変わらず汚《きたな》い女だッ!!　農作物たちを人質《ひとじち》にするなんて、それが人間のすることかッ！」

思わず口が悪くなる。まぁいい。こいつとは元々綺麗《きれい》な言葉で話す仲じゃないんだ。

それはさておき、この女……アリスは俺の目的を知っている。

なんでも俺とフィーが話しているのを盗聴《とうちょう》したらしい。

俺が気がつかないレベルでの盗聴スキルは本当に賞賛に値するが、俺の農家としての独立を盾《たて》に婚約を迫ってきている。本当に忌々しい女だ！

さらに厄介《やっかい》なのは婚約すれば、俺の事業を手伝ってくれると言うのだ。「私の権力とあなたの知識があれば、本当に世界制覇《せいは》も夢じゃないですよ？」と言う甘言《かんげん》はいつものパターンだ。

「あらあらあら、エル様ってばそんな口を聞いても？　本当に邪魔しちゃいますよ？」

「くッ！　やはり望みは……！」

「はいこれ、婚姻届《こんいんとどけ》です。私の分は書いているので、あとはエル様が書いてくだされぱいいです。役所には私が提出しておきますので。それとも一緒に行きますか？」

「……！」

声も出ないとはこのことか。本当にアリスの名前が書いてある。保証人の欄《らん》には王のサインらしきものもある。

あぁ……どうすれば……俺は……俺はどうしたら……！

思考がフリーズしていると、アリスはスッとその婚姻届をしまう。

「冗談《じょうだん》ですよ？　本気にしちゃいましたか？」

ぺろっと舌を出してウインクをしてくる、くそ王女。

こ、この女あああ！

「ではエル様、また入学式でお会いしましょう！」

そう言ってアリスはささっと去っていく。

はぁ……嵐《あらし》のような女だな相変わらず。

そして俺は今度こそ、フィーとの合流先に向かうのだった。


「ちょっとエル！　十分の遅刻《ちこく》よ！　余裕はあるけど、大丈夫なの⁉」

「第三王女に会った。死にたい……」

「あぁそういえば、アリス王女は今年入学だったわね。また絡まれたの？」

「今日は婚姻届出してきた」

「うっわ、えっぐ。それは怖《こわ》いわね」

「王のサインまであるんだぞ？　あいつはどこまで本気なんだよぉ……」

「よしよし。怖かったわね」

そう言ってフィーが俺の頭を優《やさ》しく撫《な》でてくれる。あぁやはりフィーは俺の盟友だ。本当に頼《たよ》りになる。

「罪のない農作物を人質に取るんだぞ⁉　婚約しないと圧力かけるって……」

「うわぁ……あんた本気で気に入られているわね。元々は錬金術の才能目当てだけど、エルの性格は王女にぴったりだったのかも。ここだけの話、貴族の間にあるあの噂。元凶《げんきょう》はあのアリス王女みたいよ」

「クソォ！　マッチポンプもお手の物かよ！」

「どうどう。落ち着いて。とりあえず目の前の課題から処理しましょ。王女のことは私も考えてあげるから」

「うん……ありがとうフィー」

そうしてメンタルブレイクされた俺は、入学式へと臨むのだった。


「みなさん、ご入学おめでとうございます」

フィーのやつが壇上《だんじょう》で話し始めた。

キリッとしているあいつはこうしてみると、できる女なんだなぁと思うが実際は胃がキリキリとしているのだろう。

まぁそれ、俺のせいなんだけど。

そして俺もまた、あそこで挨拶をすると思うと胃がキリキリする。

普通《ふつう》は一介《いっかい》の講師が入学式で挨拶などしない。

だがしかし、俺は碧星級の錬金術師。

むしろ挨拶しないほうがおかしいらしい。

と言ってもフィーの奴は当初は俺の挨拶を省いてたが、上からの圧力により決定事項《じこう》となった。

錬金術が自由自在に使えるのはいいが、今は苦労の方が多い。いつになれば……俺は農作物の研究に取り組めるんだよぉ……。

と、絶望しているとフィーの挨拶が締めに入る。

「それでは皆《みな》さん、特例ですが新しい教員を紹介致《しょうかいいた》します。碧星級の錬金術師、エルウィード・ウィリス先生です」

俺はスッと立ち上がるとキリッとキメ顔をしながら壇上に向かって歩いていく。

なぜか今は溢《あふ》れんばかりの拍手に包まれており、俺の緊張《きんちょう》はさらに高まる。

ひいいいいぃぃぃ！　誰だよぉ……拍手なんて始めたの……。

だが顔は崩《くず》さない。姿勢も崩さない。

俺とフィーの努力の結晶《けっしょう》が今、ここなのだから。

壇上に来るとマイクが置いてある。フィーはスッと後ろに下がると、「うまくやりなさいよ」とこそっと呟《つぶや》いた。

そして俺はフィーの用意した原稿《げんこう》を、感情を込めて諳《そら》んじる。

「皆さん、初めまして。エルウィード・ウィリスと申します。本来ならば一介の講師にこのような場はふさわしくないですが、私は皆さんの前でこうしてお話しする機会を得ることができて非常に光栄です。さて、今年からこの学院に入学した皆さん。ご存知《ぞんじ》の通り、この学院の卒業は非常に困難です。十年かかることも普通にあります。しかし諦《あきら》めないでください。努力が全《すべ》てと綺麗事《きれいごと》はいいません。才能も必要です。才能と努力その二つが必要なのです。そして、諦めたらそこで終わりなのです。進んでください。自分を信じて前に、前に、前に……そうすれば次はあなたが碧星級の錬金術師になるかもしれません……」

ペラペラとさも、自分の言葉のように語る。

うん、我ながらいいこと言ってるなぁ……さすがはフィーだ。毎度ながらあいつの原稿は完璧《かんぺき》だ。

ドヤ顔で挨拶《あいさつ》を終えると、再び俺は溢れんばかりの拍手《はくしゅ》に包まれた。

ふぅ……とりあえず第一関門クリアだな。そうして俺は最大の山場である、特別授業へと臨む。

「……いい？　私が合図したら入るのよ？　錬金術でビビッと知らせるから。私は目の前の席で見てるからね？　大丈夫？　緊張してない？」

「お前は俺の母か。大丈夫だよ、フィー。何度もリハーサルしただろ？」

「そうよね……大丈夫、大丈夫、大丈夫……もし下手なこと話そうとしたら妨害するからね」

「あぁ……確かに元素理論から錬金術の話をすると、農作物を思い出して口が滑《すべ》るかもしれない。その時は頼む。まぁレジストするけどな」

「わかったわ。レジストの痕跡《こんせき》はできるだけ隠しなさいよ？」

「面倒だが、承知した」

「じゃあ私はもう中に入るからね。リタと一緒に見ているから」

「……任せておけ。フィーの教え子は優秀だということを見せてやるさ」

ニヤッと笑うと、フィーもニヤッと笑う。

そうさ、俺はできる。今日のこれさえ終われば、しばらくは表舞台《おもてぶたい》に立つことはない。ここが終われば俺はやっと……自分の研究に集中できるのだ。

中に入ると少し騒《ざわ》ついていたので、静かにするように言った。すると全員がしっかりと黙ったので俺は授業を開始する。

「本日の講義ですが、私が提唱した元素理論を取り入れた錬金術の再構築についてのお話です。では教科書の十二ページをご覧ください」

段取り通りだ。まず完璧。

「ではまず、第一質料の説明から致《いた》しましょう。第一質料とは万物《ばんぶつ》の根幹に眠《ねむ》る粒子《りゅうし》です。肉眼では確認《かくにん》できませんが、第一質料は空気のように満ちているのです。さらには、我々の身体にも。人の身体とは遺伝子、突《つ》き詰《つ》めればＤＮＡが根幹となっているのはご存知かもしれませんが、そのＤＮＡもまた第一質料によって構成されているのです」

俺が見つけた第一質料。

今は、さも人間から見つけたようなことを匂《にお》わせているが、実際はパイナップルから発見した。

リーゼが試作中だった『パイナップルだけど、実はアップル』の改良をしている際に、俺は違和感《いわかん》を感じた。

そもそも錬金術を用いた品種改良にはいつも手こずっていた。錬成陣《れんせいじん》をオリジナルで作成し、品種改良できるように促《うなが》してもうまく起動しないのだ。

そこで俺はアプローチを変えた。そもそも錬成陣に問題があり、このパイナップルにも何かあるのではないかと。

俺には錬金術に対する適性が高いため、特殊《とくしゅ》な能力が備わっている。

そして顕微鏡《けんびきょう》で確認したところ、何か小さな粒《つぶ》を見つけた。それを錬金術で取り出して、加工すると完璧な『パイナップルだけど、実はアップル』が完成した。

これはその集大成。俺の農作物への愛が詰まった最大の賛辞。

そう考えていると、つい雑談を挟《はさ》んでしまいそうになる。

「そしてこの元素理論ですが、実は私の……」

と、口を滑らせようとした瞬間《しゅんかん》、俺に対して攻撃《こうげき》が飛んで来る。と言ってもフィーは加減をしており、俺もそれを容易にレジストする。少しだけ光ってしまうが、まぁ誤差だろう。

そうして俺はそこから持ち直して、再び普通のありふれた授業をするのだった。

「……以上になります。ご清聴《せいちょう》、ありがとうございました」

軽くお辞儀をすると大きな拍手に包まれる。一番前の席にいるフィーは泣いていた。「うううううぅ。エルうううううぅぅ、よかったよおおおお」と言っているようだ。この後に撮影会《さつえいかい》もあるのに、あいつは泣いても大丈夫なのか？　と思うが……そうだ。終わったのだ。

俺は今日から自由だ。

この後の予定は軽く記者と話をして、写真を撮る。

今日のことは月刊錬金術という雑誌に載《の》るらしい。それに新聞にも。それが終われば俺はゼミの時間に入る。フィーの従姉妹《いとこ》である、リタという生徒と二人きりだ。初対面だが、今までのことを考えると天国だ。それにフィーもリタには色々と話をしているようで、概《おおむ》ね大丈夫だ。

俺はささっと記者と話をして、写真を撮《と》り、なぜか出来ているサインの列を捌《さば》くと、フィーと一緒《いっしょ》にリタのもとへと向かう。

「……いい？　リタのこと、頼むわよ？」

「任せろ。お前の妹みたいなものだろ？　妹の尊さは理解している」

「……ちょっと癖《くせ》のある子だけど、よろしく」

俺はリタのもとにやって来ると、軽く挨拶を交《か》わす。

「リタ。あなたの先生であり、師匠になるエルウィード・ウィリスよ。挨拶なさい」

「え……と！　あの！　リタ・メディスと申します！　エルウィード・ウィリス様にお会いできて、こ、光栄です！」

「ははは、様はやめてくれ。先生か師匠でいいよ。俺の方が年下だしね」

「えっとじゃあ、エル先生で……」

「あぁよろしく、リタ。君が俺の初めての生徒だ」

にこりと微笑《ほほえ》んで握手をする。真っ赤になっているようだが、まぁ仕方ないだろう。緊張もあるだろうし。

「じゃあ、このまま研究室に行こうか」

「は、はひ……」

「じゃあ、エルくれぐれも……よろしくね？　うちの可愛《かわい》い妹をね？」

再びフィーが俺に錬金術で攻撃をして来る。俺はそれを再びレジストすると、ニヤリと笑ってフィーもニヤッと笑う。

この笑いは合図だ。互《たが》いが互いを信頼《しんらい》している時の。

大切な妹なのだろう。大丈夫だ、フィー。俺は妹の尊さを理解している。しっかりと指導するさ。

そして俺はリタを自分の研究室へと連れていくのだった。

◇

どうもリタです。今なんと……エル先生の隣《となり》を歩いています。二人きりです。本当に緊張しています。ぶるぶると体が震《ふる》えてどうにかなっちゃいそう。ちらっと先生の方を見ると、キリッとした表情で歩いている。

これで私よりも年下なんて嘘《うそ》だと思いたい。よくて二十代前半。そんな貫禄《かんろく》が先生にはあった。

あぁでも本当に……私はこれからどうなっちゃうの⁉　先生と二人きりだなんて⁉　と、そんなことを考えている間にも到着《とうちゃく》。研究室の前にはエルウィード・ウィリスと書いてある。

「さぁリタ、どうぞ」

「お、お邪魔《じゃま》しまふ！」

噛《か》んじゃった！　うわぁ……恥《は》ずかしい。

「はは、リタは可愛いな」

「ううううぅぅ……」

微笑ましいやりとり。だが扉《とびら》を開けた瞬間、先生の顔色が急変する。

「な⁉　まさか、こんな時にクーデターか⁉　一号、二号、三号、四号⁉　どこだ⁉」

「え……⁉　え……⁉」

室内に入ると、そこには何の変哲《へんてつ》も無い部屋があった。え、何か問題が……？

「……ッ！　リタ、上だッ！」

「え？」

ちらっと上を見ると、本棚《ほんだな》の上の方で何かが蠢《うごめ》いていた。

「え……何あれ？」

「はぁ……こんな時に争うとは……しかしまぁ、部屋の外に出れないようにして正解だったな。あの時の二《に》の舞《まい》はごめんだからな」

そう言って先生が錬金術を発動すると、上にいた四体の生物？　がゆっくりと目の前の机に並ぶ。

そして私は驚愕《きょうがく》した。だってそこにいたのは……手足の生えたトウモロコシ達《たち》だったからだ。

「せ、先生……これって……」

「はぁ……初日からこれか。フィーには絶対にバレないように言われていたが、仕方ない。リタ、これからこいつらについて、そして俺について話そう。ゼミ生には隠しても仕方ないしな。フィーには後で怒《おこ》られよう、二人で」

ん？　二人で？

でもとりあえず良くわからないので、適当に返事をしておいた。

「は……はぁ……」

真剣《しんけん》な目つきで見つめてきてちょっと照れちゃうけど、キリッとしている先生を見て私も態度を改める。

「こいつが一号で、こいつが二号、さらに隣が三号で、最後のこいつが四号。これはただのトウモロコシに見えるだろ？　でもな、歩くこともできるし、思考もできる。いわば、ホムンクルスの類《たぐい》だな」

「え⁉︎　ホムンクルス⁉︎」

ホムンクルス。それは神が人間を作り出したのなら、人もまた人を作ることが可能であると神秘派達が提唱した生物だった気がする。簡潔に言うと人造人間かな。

でもそれは不可能と結論が出ていたはず。現代の錬金術ではホムンクルスの製造は不可能だと。

確か……まずホムンクルスの条件として、心と体が必要になる。体の方は錬金術で錬成《れんせい》可能だが、心は不可能とされていたはず。でもどうして、トウモロコシなんだろう。

「先生、なんでトウモロコシなんですか？　ホムンクルスの製造には野菜が必須《ひっす》なんですか？」

「ふふふふふ。よく聞いてくれた……リタ、これから先は他言しないと誓《ちか》えるか？」

「ち、誓えます。我が家《わや》の名にかけて、他言はしません」

「実はこれ、俺のプロジェクトの一環《いっかん》なんだ」

「えと……そのプロジェクトって？」

「俺は、自分の作った農作物を世界中に売るのが夢なんだ。と言ってもこの野菜たちは偶《ぐう》然《ぜん》の産物で、量産化とかする気はないけどな」

「え……農作物……？　えっと、先生は錬金術で世界の真理を追究するのでは？　世間一《いっ》般《ぱん》ではそう言われていますけど……」

「それは嘘だ。俺の心には農作物しかない。知っているだろ？　俺が農家出身だって」

「えぇ……噂《うわさ》程度には……でもそれってただのやっかみの類かと……」

「いいや、俺は正当な農家の血族だ」

「えええ!?　先生って実は王族とか、始祖の転生、とか噂されていますけど……本当に農家出身で、農作物を売るために錬金術を!?」

「そうだ」

「えええ!?　真理の探究は錬金術師の理想じゃないんですか!?」

「それはそういう奴もいるだろう。でも俺はこの学院に来たのも、プロジェクトの一環のためだ。野菜を売るためには錬金術を学ぶ必要があると思った。だから俺はここで錬金術を学んで、今に至る。碧星級もそのついでだ」

「えええ⁉　碧星級がついで⁉　ついで感覚で碧星級に⁉　はぁ……はぁ……はぁ……と、とりあえずは、その……理解はしました。驚《おどろ》きましたけど……でもその、卒業してもこの学院にいるのはどうしてなんです？」

「碧星級がいきなり農家として事業を始めるのはこの王国的に問題があるらしいとフィーがな。付き合いとかあるらしい。それにフィーのやつには世話になっているし、今は仕方なくこの職についている。まぁ、非常勤だけどな」

「ええええ……」

もう驚きすぎて声も出なくなっていると、先生は机の上にいるホムンクルス達を見つめていた。

「ふむ……一号は最近ツヤがいいな。何？　もっと栄養をよこせ？　待てよ一号、栄養過多は禁物だ。いつも言っているだろう。それに二号は……おい、また三号をいじめているのか？　全くストレスは毒だとあれほど……二号はしばらく反省していろ。三号はちょっと痩《や》せたなぁ、栄養補充《ほじゅう》をしておけ。そして四号は……お前は相変わらずマイペースだな。いいぞ、その調子だ」

えええええぇぇえ……私を無視してトウモロコシと会話してるー⁉

現実なの？　うん、これが現実。史上最高の天才錬金術師は、実は農作物を愛する錬金術師だったなんて……。

「あの……先生、トウモロコシとコミュニケーション取れるんですか？」

「ん？　まぁジェスチャー程度だな。何が欲《ほ》しいとか、これは嫌だ程度は分かる。何と言っても俺の知性を少し与《あた》えているからな。多少は分かるさ、こいつらのことも」

「……えええええぇ、もうツッコミどころが多すぎて……へぇ……でもちょっと可愛いかも」

「ふ、さすがは俺のゼミ生。分かっているな、こいつらの愛らしさを……」

そう聞いて、じっとトウモロコシ達を見つめてみる。

手足？　のようなものには指はない。

ただの棒がくっついているみたいだ。

でも二号？　が三号を爪楊枝《つまようじ》でつついている。先生がそれを見て、「いじめはやめろ、二号！」と怒っている。あ、シュンとなった。二号の頭が下に下がって落ち込んでいるような様子が分かる。

それに分かったのは、この手でも一応何かを持つことはできるらしい。

農作物と聞いて勝手にショックを受けていたけど、これは確かにすごいことかもしれない。フィー姉さんも言っていた。「いいこと、リタ。偏見《へんけん》はダメよ。野菜だからと言って侮《あなど》ってはいけないわ。農作物への愛が、錬金術の歴史を大きく変革することだって……あり得るのよ……」と虚《うつ》ろな目で言っていたのを唐突《とうとつ》に思い出した。

そうか、あの言葉はこういうことだったのかと得心する。

フィー姉さんは知っていたのだ。エル先生が農家の出身で、農作物のために錬金術を学び続けているのだと。そうだ、偏見は良くない。錬金術を学ぶ理由なんて、人それぞれだ。

私の価値観を、勝手なイメージを、押《お》し付けちゃあいけない。だって先生はこんなにも一生懸命《いっしょうけんめい》なのだから。

「先生それは?」

「あぁ、これは観察日記だ。こいつらの生態をしっかりと把握《はあく》しておく必要があるからな。毎日つけている」

「へぇ……って、何これ!? すごいですね!」

そこにはびっしりと書き込みがしてあった。それぞれのトウモロコシ達の特徴《とくちょう》に、どういう性格をしているのか、また錬金術を組み込んだ際に生じた影響《えいきょう》や副作用。生活習慣はどうなっているのか、人間との差異は何か、そして錬成陣をさらに組み込むことで次なる品種改良は可能なのか。そう、記述してあったのが見えた。

農作物なんて……と思っていたけれど、やっぱり先生は先生だ。

史上最高の天才錬金術師は、本当に天才なのだ。たとえ農作物を愛していようとも。

私はそう、はっきりと再認識《さいにんしき》した。

「先生！」

「お、おう……急にどうした、リタ」

「私、このゼミに来て良かったです！　もっと錬金術を、いや農作物のことを教えてください！」

「ふふふふ。フハハハハハハ！　そうか、やはりか。いや……初めて見た時から君の資質は感じ取っていた。共に歩もう、農作物への道を！」

「はい！」

こうして通称《つうしょう》エルゼミが本格的に始動する。後世の歴史に、このゼミはこう記されることになる。

『エルゼミとは、農作物を通じて錬金術の歴史に革命を起こした集団である』と。

そして私が史上三人目の碧星級になるのもそう遠くない話だった。全ての運命はこの時に回り始めたのだ。私は生涯《しょうがい》、先生との出会いを本当に感謝することになる……。

◇

「……で、リタにそう話したと？」

「すまないな、フィー。あれはどうしようもなかった」

「まぁいいけど。なんかリタもさらにあんたを尊敬してるし。聞いた？　あの後、私のところに来て農作物の偉大《いだい》さを語り始めたのよ？　あんた、どこまで洗脳したの？」

「……バカな。洗脳とは人聞きの悪い。俺《おれ》たちは錬金術と農作物の偉大な関係性について議論を交わしていただけだ。俺はさらに錬金術の偉大さを知り、リタはさらに農作物の偉大さを知った。しかも彼女《かのじょ》、かなり適性が高い。錬金術もかなりできるな」

「うーん、正直ポテンシャルだけで言えば私より上かも」

「もしかしたら、三人目の碧星級になるかもな。片鱗《へんりん》はある」

「まさか。良くて白金級《プラチナ》止まりよ」

「ふ、まぁ見てるがいい。俺の指導が彼女を導いてみせるさ」

「ふふふ。楽しみにしているわ」

夜。現在は二十時。俺とフィーは二人で打ち上げということで、完全個室の居酒屋に来ていた。フィーは貴族のくせに庶民的《しょみんてき》な味が好きで、あまり高価な食事は嫌《きら》いだ。今もビールと酎《ちゅう》ハイ、さらに白ワインを頼《たの》んでいる。つまみにはポテトと唐揚《からあ》げ、それに枝豆。完全におっさんのそれである。

まぁこうしてフィーと食事をするのは慣れているので、今更《いまさら》どうとも思わない。

「はぁ……本当に解放されたぁ……あとはエルが何も問題を起こさなければいいわねぇ……心配だけど」

「それは……どうだろう。また『野菜の大反乱事件』が起きるかもしれない」

「あぁ……懐《なつ》かしいわねぇ。私がもみ消していなかったら間違いなく退学だったわね、あれ」

「あぁ。その件は非常に感謝している。それにあの事件をきっかけに歩くトウモロコシが生まれたからな。今に繋がっているのはフィーのおかげだ、本当に感謝している」

俺は日頃《ひごろ》から迷惑《めいわく》をかけているのをよく知っている。碧星級だと言って好き放題をしていた俺を叱《しか》り、しっかりと導いてくれた。今となっては俺の方がクラスは上だが、今でも俺はフィーを唯一《ゆいいつ》の師匠《ししょう》だと思っている。

「そ、そんな……急にマジな顔で何、言ってるのよ。まぁ碧星級だし？　私の初めての弟《で》子《し》だし？　それに私もエルのおかげで色々と錬金術のイメージが変わったし……私の方こそ、感謝しているわ」

「……そうか。じゃあ、そんなフィーにプレゼントだ」

「……？」

アルコールが入って赤くなった顔をきょとんとさせるフィー。

俺はこの時のためにフィーにプレゼントを購入《こうにゅう》していた。俺の人生で一番高い買い物だ。

もちろん一人で、フィーに似合うものを選んだ。

「これだ。開けて見てくれ」

「……これは、ネックレス？」

「あぁ……それと、オリジナルの錬成陣も組み込んである。やばい時はそれに魔力《まりょく》を込めれば俺に通知が行く。フィーも貴族間のやりとりで危ないからな。防犯面もカバーしておいた」

「嘘……嬉《うれ》しい。あのエルがこんな……こんな贈《おく》り物《もの》をしてくれるなんて……うわあああああああん、嬉しいよおおおお！」

「……よしよし」

俺は感極《かんきわ》まって泣いているフィーの頭を撫でる。酒で感情が高ぶっているのだろう。俺はフィーの苦労をよく知っている。それはこの二年間ずっとそばで見て来たからだ。だからこそ、何か形にして感謝を伝えたかった。

「……ぐす。ありがと……一生大事にするね」

「あぁ。それは俺も嬉しい」

ここで終われば全てが美しかった。そう、だがしかし俺には最大の任務があった。いや、災難があったのだ……。


「……すぅ、すぅ」

「く、くそ……今日は飲みすぎだぞ、フィー！」

と言っても返事はない。俺はフィーを背負って街を歩いていた。こいつの家は俺が新しく一人で暮らしているマンションの最上階全てだ。そう、ワンフロア全て。これはフィーの家が経営しているマンションらしく、俺はそこの部屋を格安で貸してもらっている。俺の部屋はそのフィーとは別の部屋を一室借りている。同棲《どうせい》ではないが、まぁご近所さんと言うべきだろう。

でもこれは想定していなく、俺は錬金術で周囲を欺《あざむ》き、さらに身体強化も重ねていそいそとマンションへと向かう。

「えーっと、オートロックは……」

俺はフィーを担《かつ》いだままオートロックの鍵《かぎ》を回して、エレベーターで最上階を選び、そのまま昇っていく。

チン、と音がすると扉が開いて最上階についた。

俺はさすがにフィーの部屋の鍵は持っていないので、揺《ゆ》すって彼女の意識を覚醒《かくせい》させる。

「おいフィー。起きろ、家だぞ。部屋の鍵を出せ」

「……うん。はい……これ……」

フィーはかばんから鍵を出すと俺に渡《わた》してくる。

俺が開けろってか……。

んで、結局俺が開けてそのままフィーをベッドに放《ほう》り込んだ。こいつの部屋にはよく来ているので寝室《しんしつ》の位置は把握しているのだ。

「……ぐにゃ！」

変な声を上げているが、ここまで運んだんだ。これぐらいはいいだろう。そして最後に手短に用件を伝えて帰ろうとする。

「フィー、ちゃんと着替《きが》えて寝《ね》ろよ？　風呂《ふろ》も入って、歯を磨《みが》いて……」

「着替えさせて！　一緒にお風呂！　歯も磨いて！」

「は？」

「じゃないと帰さないもん！」

「……な!?」

瞬間、フィーの錬金術《れんきんじゅつ》で結界が張られた。くそ、これは俺でも解除に時間がかかるぞ

……それならこいつの介抱《かいほう》をした方が早いのか?

「ん！　脱《ぬ》がせて！」

酔《よ》っ払《ぱら》っている。完全に泥酔《でいすい》だぁ……。

あぁ……神よ。私にこの試練を乗《の》り越《こ》える勇気を与え給《たま》え……。

こうして俺の一日は佳境《かきょう》を迎《むか》えるのだった。長い一日はまだ続く。

「さぁ早くぅ！　脱がせて！　エル！　早く！」

「農作物よ、俺に力を……」

目を閉じて、十字を描《えが》くようにして俺は農作物の神に祈《いの》りを捧《ささ》げる。

そして、ここで俺はオリジナルの錬金術を発動する。それは目を開かなくとも、空間を認識《にんしき》できる錬金術だ。元は第一質料の発見から応用したもので、俺は周囲の第一質料を完全に把握する事ができる。

この異能は農作物の研究をしていくにつれて、俺に現れたものだ。この状態の俺にはシルエットが見える程度で明確な色形などの視覚ほどの情報は入ってこない。

まぁつまり、目を閉じたままフィーの要求を満たすことができるのだ。

やはり農作物は偉大である。学院で農作物の研究をしていなければ、今頃《いまごろ》は窮地《きゅうち》に陥《おちい》っていた。だがしかし、まだいける。俺はやれる。

俺はささっと洗面所へ行ってタオルを借りて、目を覆《おお》うようにして結ぶ。固く。そう、固くだ。俺はこんなところでフィーと変な関係になりたくない。こいつは盟友なのだ。ならば俺も毅然《きぜん》とした態度を示すべきだろう。

「ほら、バンザーイってしろ」

「うん……バンザーイ！」

始まった。俺の史上最大の困難が始まった。視覚からの情報はないが、俺は第一質料を感じ取って器用に彼女の服をスルスルと脱がせていく。

「よし！　脱げた！　お風呂いこ！　エルも一緒に入ろ？」

「あぁ……」

もうどうにでもなれ。そう覚悟《かくご》を決めて、俺は風呂へと向かった。

「ふんふんふ～ん」

「どうだフィー気持ちいいか？」

「うん！　エルは洗うのうまいね！」

俺はフィーの背中を洗っていた。フィーのやつは完全に全裸《ぜんら》だが、俺は服を着ている。

そうしなければ何か嫌《いや》な予感がしたからだ。

「エルはお風呂に浸《つ》からないの？」

「あぁ……俺は自分の家に帰ってから入るよ」

「ふーん。そうなんだぁ」

なぁ、こいつは本当に酔っているのか？　何かやばいクスリでもキメてんじゃないか？

そう思うほどいつもの言動とはかけ離《はな》れている。確かにフィーは、ちょっと抜《ぬ》けているところがあるが……これは潜在的《せんざいてき》に眠っているものなのか？

とまぁ、いろいろ考えても仕方ない。

「よし、上がるぞフィー」

「うん！」

なんか、親戚《しんせき》の子どもの世話をしている気分だ……。

その後可愛らしいクマさんパジャマに着替えさせて、歯も磨いて、ベッドにフィーを連れて来た。

「やだ！　一緒に寝て？　お願い……」

ウルウルとした目でそういうが、もうすでに結界の解除は終わっている。俺の任務も終わった。俺はタオルを取るとやっといつもの視覚情報を手にいれる。

はぁ……本当に災難だった。どうか、フィーがこのことを覚えていませんように……。

そしてこんなことをしているうちに、時刻は零《れい》時を回っている。俺は自宅に戻《もど》ってまた別の農作物のデータ収集をする予定がある。

今日はもう帰るべきだ。

「フィー。また来るよ。一緒に寝るのは、また今度な？」

「うん……エルがそういうなら……おやすみ、エル」

「あぁ。おやすみ、フィー」

俺が扉を開けようとした瞬間には、すでにフィーの寝息《ねいき》が聞こえた。

よっぽど疲《つか》れていたのだろう。度重《たびかさ》なる苦労によるストレス。それが少しでも解消できたのなら、俺は満足だ。

そうして俺は自宅へと戻っていく。ま、隣なんですけどね。


ピンポーン。

「……うううん？」

インターホンが鳴っている。誰《だれ》だそんな連打しているのは？　うちの家のインターホンは連打ゲーじゃないぞ……。

枕元《まくらもと》にある時計を見ると、午前十時。

休日だからといって少し寝すぎたか。まぁでも昨日はいろいろとあって遅《おそ》かったしな。

あれから家に戻って二時間ほど農作物の研究をして、寝たのは二時半。

もう少し寝たいが、今日は大切な用事もある。インターホンにでるついでに、起きるか。

そして、俺はまだ少しぼんやりとした頭で玄関《げんかん》に向かう。

「はーい。どちら様って……あぁ、直接インターホン鳴らせるのはフィーぐらいしかいないよな。ふわあああ……どした？　何か用か？」

「昨日のこと！　覚えてるよね!?　忘れて！　昨日のことは、忘れてエル！」

「俺に記憶《きおく》操作の錬金術は使えない。無理だ。まぁいい経験になっただろ？　これからはもっと酒に気をつけろ」

「う……それで、見たの？」

「いや、俺は視界がきかなくとも周囲を把握することができるのは知っているだろ？」

「そうだけど……輪郭《りんかく》とか、形とか、覚えているでしょ？」

「直接見られるよりかはいいだろう。これでセクハラと言われるなら、俺は泣くぞ。フィーが超高度《ちょうこうど》な結界を張るせいで、帰るに帰れなかったし」

「う……ごめんなさい。全面的に私が悪いです」

シュンと落ち込むフィー。あそこまでの痴態《ちたい》を晒《さら》したのだ。言いたいことがあるのも理解はできる。が、俺だって大変だったのだ。そこも理解してほしい。

「……うん。いきなり押しかけてごめんね。今日は帰る、バイバイ」

「あぁ」

フィーはそのままトボトボと歩いて、戻っていくのだった。

「よし！　今日は記念すべき日だ！　やるぞ！」

俺には午後から大切な予定がある。そう、やっと工房《こうぼう》を立ち上げるのだ！　こうして俺はやっと独立への一歩を踏《ふ》み出《だ》すのだった。

「……とりあえずは、こんなもんか」

俺がやってきていたのは、このマンションの地下だ。本当は今住んでいるマンションに地下室などないが、俺が錬金術で再構築して作り出した。一応、様々な関係者の許可はとっている。それにここに住んでいる人に迷惑にならないように、ちょっと深めのところに作ってある。

広さはワンフロア全てと同じぐらいで、かなり広い。だが手広く農作物を研究するためにはこれくらいの規模は必要だ。自室ではレポートまとめ、この工房では実験を主にしていく予定である。

そして色々と準備をしていると、二人の客人がやってきた。

「あら……本当に地下室なんてありましたのね。これはちょっと……本当にすごいですわねぇ……」

「師匠！　ご無沙汰《ぶさた》しております！　これは講師就任のお祝いです。隣国《りんごく》の高品質の農作物を約束どおり、持ってまいりました」

そう、今日呼んでいるのはセレーナとフレッドだ。二人ともちょうど今日が休日だったので、こうしてきてもらった。工房の設立は一人だと大変だからな。

「二人ともよくきたな。フレッドのそれはそこに置いておいてくれ。本当に助かる。ありがとう」

「いえいえ、師匠のお力になれるのなら幸いです」

「で、私たちは何をすればいいんですの？」

「とりあえず、実験器具の設置だな」

「……まぁ、勝手はわかっているので任せなさい。完璧《かんぺき》に仕上げますわ」

「師匠！　私も助力させていただきます！」

「あぁ、頼む。それじゃあやるぞ！　えいえい」

「「「おー！」」」

学生の時のように俺たちは三人で作業を始めた。

実験器具は大きいものが多く、俺が一人で錬金術を使って設置してもいいのだが、あいにく俺はそんなに魔力の多い方ではない。俺よりもむしろ、セレーナとフレッドの方が魔力はある。だからこそ、今日は二人を呼んだのだ。

まずは大きな器具から。これらは俺が自分で作り出した器具である。農作物の糖度を測る機械から、バイタルデータを正確に把握できるものもある。細い器具はフラスコや試験官といった一般的《いっぱんてき》なものだ。

そうして二時間ほど奮闘《ふんとう》して、俺の工房は完成した。

そう……完成したのだ。思えば、長い道のりだった。俺は学生時代から自分の工房を持つのが夢で、ここに引きこもって最高の農作物を作るのが夢だった。

本当に色々あった。幼少期に世界最高の農家になると誓い、錬金術は品種改良に最適な手段だと知った。そして俺はカノヴァリア錬金術学院に入学し、さらに錬金術への知識を深めた。全《すべ》ては夢を叶《かな》えるために。学生時代は色々と失敗もあった。農作物を無駄《むだ》にしてしまうこともあった。その度に涙《なみだ》を流し、俺は誓った。あいつらの犠牲《ぎせい》を決して、無駄にはしないと。俺は世界最高の農家になるのだと……。

そう感極まっていると、涙が出ていた。

「あ……俺はやっと、たどり着いたのか……」

「師匠！　これが学生時代に夢見ていた工房ですよ！」

「エル、おめでとうですわ。本当に良かったですわね。夢に近づいて……」

「お前ら……うぅぅぅ、ありがとう」

セレーナとフレッドが俺に励《はげ》ましの言葉をかけてくれる。

思えば、初めは二人ともいい出会いではなかった。

はっきり言って邪魔だと思った。

だからこそ正面からねじ伏《ふ》せた。

俺の方が錬金術の技量が上だと自覚していたからこそ、一度ひどい目に遭《あ》わせればもう関《かか》わってこないと思った。

でも、この二人は俺の夢を真面目《まじめ》に応援《おうえん》してくれている。あの時からずっと、友人として接してくれた。一緒にバカをやった記憶も懐かしい。卒業して一ヶ月《かげつ》も経《た》たないというのに、なぜかものすごい昔のような気がする。

「俺はこれから、夢を叶える。そして……世界最高の農家になるよ」

涙ながらにそういうと二人はニコッと微笑んでくれた。

あぁ……俺は本当にいい友人を持った。

と思いきや、セレーナが俺の手を引いて階段を上がろうとする。

「え？　どうしたセレーナ？　俺は今から『羽ばたく玉ねぎ』の研究を……」

「今日は私の特訓に付き合う予定でしょう？　これが終わったらやると言っていましたわ」

「あ！　言ってたな……」

「師匠！　私も久しぶりに師匠に鍛《きた》えて欲しいです！」

うん。まぁ与えてもらってばかりじゃ悪いよね。うん……あぁ、すぐに研究したかった……。

こうして締《し》まらないままに、俺はセレーナとフレッドに連れ去られるのであった。


夕方。俺たち三人はセレーナの家にやってきていた。この国は中央にカノヴァリア錬金術学院があり、その北は貴族街である。俺の家は中央にあるので、今は三人で北に移動中だ。

「その、エル……お母様が何か言うかもしれませんが、お気になさらずに……」

「ん？　あぁ、わかったよ。社交辞令だろうしな」

「ええ……そうだといいのですが……」

「セレーナの母上は師匠と娘《むすめ》を婚約《こんやく》させたいのでしょう。私も親だったならば、師匠のような人材は放って置きませんからな」

と、セレーナは不安を吐露《とろ》する。いつもセレーナの家に行くと「セレーナとはいつ婚約するのですか？　今日？　今日ですか？」というふうに淡々《たんたん》と迫《せま》ってくる。とても優《やさ》しく、お菓子《かし》作りもうまいし、いい母親だと思うがセレーナはちょっと苦手らしい。

反抗期《はんこうき》みたいなもんだろう。俺はテキトーにそんなことを考えながら歩いていると、セレーナの家に着いた。

敷地《しきち》はかなり広く、庭には噴水《ふんすい》があり、その奥《おく》に巨大《きょだい》な屋敷《やしき》がある。何度もここには来ているが、いつも感心してしまう。

「……おぉ、相変わらずでかいなぁ……」

「では……私は着替《きが》えて来ますので、いつもの場所でお待ちを」

「はいはい。了解《りょうかい》した」

セレーナはそう言って屋敷に入って行く。

「んじゃ先に行っとくか、フレッド」

「はい！　師匠！」

いつも錬金術の訓練をするのはセレーナの家のこの庭と決まっている。投げられたり、吹《ふ》き飛《と》ばされたりしても硬い地面よりは安全だからだ。

ついでに言うと、俺とフレッドはすでに動きやすいラフな服装。セレーナは外に出るときはいつもオシャレしているので、今は着替え中なのである。

「あらあらあら、エル様とフレッド様。ようこそ、我が家へ」

「ケイト様、お久しぶりです」

「私は昨日ぶりですな。お邪魔いたします、ケイトさん」

俺は一応、貴族ということでケイト様と呼んでいる。フレッドは俺よりも親交が深いのでケイトさんと。

「エル様、うちの娘とは如何《いかが》ですか？」

「ええ。今日は工房の設立を手伝ってもらいましたよ。本当に感謝しています」

「あら！　工房ですか！　碧星級の錬金術師《れんきんじゅつし》による工房。さぞ、すごい事をなされているのでしょうね」

「いえ、いつも通り農作物の品種改良に勤《いそ》しんでいるだけです」

「ご謙遜《けんそん》を。エル様の錬金術は本当にすごいのです。そしてあなたの生み出す、農作物たちも。本格的な事業を為《な》さるときはお声がけください。うちの家ならば、力になれると思うので」

「ありがとうございます」

ぺこりと頭をさげると、にこりと微笑《ほほえ》んでくれる。年相応の柔《やわ》らかい雰囲気《ふんいき》に俺は癒《いや》しを感じていた。すると、隣《となり》にいたフレッドがこそっと言葉をかけてくる。

「……師匠、騙《だま》されてはいけません。頼《たよ》るなら、ブリュー家よりもバルト家の方がいいです。これは間違《まちが》いありません」

別に貴族間で仲が悪いという話でもないのだが、それなりにライバル意識を持っているようで三大貴族は互《たが》いに牽制《けんせい》しているところもあるらしい。これはフィーにも聞いた話だが、貴族の間にも色々とあるらしい。だからこそ、フレッドがそういうのも理解できるが、その発言をそのままにしておくわけもなく……。

「あらあらあら？　フレッドさん？　それはどういう事かしらぁ？　ねぇ？」

うん、怖《こわ》い。ものすごく微笑んでいるが、目が笑っていない。これはどうなることやら……と思っているとちょうどセレーナがやって来た。

「お母様！　今日はご連絡《れんらく》していないのに、なぜここが!!?」

「ふふふ。エル様の気配を感じ取って来たのですよ。あなた、例の件は進んでいるのですか？」

「いえ……その……」

「いいこと。既成《きせい》事実さえ作れば、あとは私が周りを固めて目標まで導きます。必ず達成するのですよ」

「でも……私とエルはそんな関係ではありませんの……」

「嘘《うそ》おっしゃい。私には全てまるっとお見通しですよ」

なぜか二人が口論をしているが、すぐに終わりそのままセレーナの母は去って行く。

「では……お二人ともごゆっくり」

最後まで優雅《ゆうが》な立《た》ち振《ふ》る舞《ま》い。セレーナも将来はあんな風になるんだろうか。

「では、やりますわよ！　フレッド、初めは私からでも？」

「ええ。お譲《ゆず》りしましょう」

そして、俺たちの訓練が始まる。

「……」

「……」

俺たちはじっと互いを見つめて歩きながら様子を伺《うかが》っている。訓練の内容は俺から一本取ること。それだけのシンプルなルール。攻撃《こうげき》手段はなんでもいい。ただし、錬金術の使用は事前に行うのはだめ。

本来ならば騎士《きし》が使う錬金術とは事前に身体強化をするものである。しかし、今俺たちが取り組んでいるのは戦闘《せんとう》しながら錬金術を使うことだ。

「……はぁッ!!」

セレーナが距離《きより》を詰《つ》めてくる。速い。たった一歩で俺の懐《ふところ》に入って来て、鳩尾《みぞおち》を拳《こぶし》で打《う》ち抜こうとしてくる。

「……甘《あま》いな、セレーナ」

「……なぁ⁉」

俺はスッとそのまま身を少しだけズラして攻撃をかわす。そして、彼女のガラ空きの胴《どう》体《たい》に思い切り蹴《け》りをお見舞《みま》いした。

「ぐうううううううッ!」

痛みをこらえながら、セレーナは後方へと吹き飛ばされて行く。だが感触的《かんしょくてき》には致命傷《ちめいしょう》になっていない。彼女は俺の攻撃が来ると感じた瞬間《しゅんかん》に錬金術を発動。周囲にある第一質料を胴体に集中させて、俺の攻撃を緩和《かんわ》したのだ。

「……セレーナ、進歩しているな。今までのお前ならここで終わりだった」

「……まだまだこれからですわよッ!」

そうしてそれから三十分ほど、俺は割と本気でセレーナをボコボコにした。

いや、いじめじゃないよ? ただ本人が本気で来いって言うからね。バレない程度に力は抜いているけど、結構本気で戦った。

感想としては、錬金術を実戦導入するのはまだ防御面《ぼうぎょ》だけで攻撃には使えない、と言う感じだった。

「はぁ……はぁ……はぁ……エルってば、強すぎですわぁ……」

大の字で庭に寝っ転《ころ》がっているセレーナ。一方の俺は息も切れていない。

錬金術の使用は、これまで錬成陣ありきのものだと考えられていたが、俺は錬成陣なしで錬金術を使える。それは脳内で明確な心的イメージを描くだけで発動する。

もちろん何でもイメージ通りというわけにはいかない。大切なのは、第一質料の量と、魔力の込め方。その二つをいいバランスで行う必要がある。

俺が以前の講義で、心的イメージ、第一質料、魔力の三つが重要だと説いたがこれはそういうことだ。その三つが適切な条件を揃《そろ》えた時に、錬金術は発動する。別に万能《ばんのう》の力ではないのだ。

そして、俺はただその扱《あつか》いが異様に上手《うま》いだけ。錬金術なしの戦闘ではセレーナには瞬《しゅん》殺《さつ》される。

だが、錬金術で身体強化をして、さらに俺は戦闘をしながらも錬金術をノータイムで使用できる。

魔力の量は多くないので、連発はできないが相手の前に壁《かべ》を作ったりなどはできる。

今も、盛り上がった地面が幾《いく》つもできている。

俺は本来ならば無から有を生み出すことはできる。厳密にいうと、十分な第一質料があれば、何でも錬成《れんせい》できる。

だが、第一質料はこの世界に偏《かたよ》って存在しており、普通《ふつう》の錬金術師は無から有を生み出すみたいな錬成はできない。

だからこそ、こうしてここにあるものを活《い》かして戦う。土があれば土を、水があれば水を、火があれば火を駆使《くし》した錬成がよりしやすくなるのだ。

「さすがは師匠、未《いま》だに錬金術は現役《げんえき》ですな」

「まぁ毎日使っているからな。戦闘じゃなくて、研究にだけど」

「はぁ……本当にデタラメな強さ。あなた、騎士団《きしだん》に来ればすぐにトップに立てますわよ?」

俺とフレッドが会話をしていると、やっと息が整ったのかセレーナがこちらにやってくる。

「で、今日はどうでした? 全体的に」

「錬成陣なしの錬金術は慣れてきたな。でもまだ、防御面でしか真価は発揮できていない。

お前、攻撃の時は錬成陣をイメージしてるだろ？　多分防御は本能的に身を守る行為《こうい》だから、簡単にできるんだと思う。でも攻撃は違《ちが》う。いつも言っているが、心的イメージ、第一質料、魔力の適切なバランスが大事だ。セレーナは焦《あせ》って魔力を込めすぎているからな。周囲にダダ漏《も》れだ。俺みたいなやつだとその魔力を踏み台にして、錬金術を行使できる。これは戦闘において致命的《ちめいてき》。相手は自分の魔力を使っていないからな。今後は魔力操作に力を入れるといいかもしれない。以前の課題だった、心的イメージはだいぶマシになっているし、このまま頑張《がんば》ってみてくれ」

「相変わらず、尋常《じんじょう》じゃない分析《ぶんせき》ですわね」

「農作物に比べれば、イージーだ。農作物は人間みたいに明確な欠点がみても分からないからな。人間だと同じ生物な分、分析は容易《たやす》い。自分はお前だったらどうするか？　とイメージすれば自然とアドバイスは出る」

「はぁ……あなたの才能は分かっていますが、本当に流石《さすが》ですわね」

「師匠！　次は私と！　私としましょう！」

フレッドのテンションが異常に高いので、今日は嫌な予感がする。

実はこのフレッド。俺と戦闘力《せんとうりょく》は同じくらいだ。まだ俺の方が強いが、こいつは錬金術の拙《つたな》さを身体能力と立ち回りでカバーしてくる。と言っても錬金術が拙いというのは俺よりも、という意味だ。すでに白金級の錬金術師であるフレッドはこの国でも随一《ずいいち》の錬金術師だ。

要するに、戦闘の天才なのだ。こいつは。

「よし！　本気でかかって来い！」

「行きますよ！　師匠！」

そして、一時間後……。

「はぁ……はぁ……勝った……でも、フレッドお前……強くなりすぎだろう……まじで本気出したぞ……」

「し、師匠は相変わらずお強いですなぁ……はぁ……はぁ……今日は本気で勝ちに行きましたのに……」

周囲には大量の氷山と、溶《と》けたり砕《くだ》けたりした氷が散らばっていた。俺の得意な錬金術は氷。俺は第一質料から氷を生み出すことを得意としている。一方のフレッドは家の血なのだろうが、炎《ほのお》。こいつは第一質料から炎を生み出せる。

格闘戦《かくとうせん》では決着がつかないと悟《さと》った俺たちは、互いに錬金術を行使した。

氷の礫《つぶて》を大量に錬成し、それをフレッドに放つ。フレッドはそれを炎の壁で防いで、突《とつ》撃《げき》してくる。

クロスレンジでは俺の方が不利なのは自明だったので、俺は自分の周囲に氷山を錬成してあいつから距離を取り続けた。そして最後はフレッドの魔力切れで終焉《しゅうえん》。フレッドの方が魔力は多いが、俺の方が効率よく使用できる。勝敗の差はそれだけだった。おそらく、一年後は俺はフレッドには勝てないだろう。

「あのぉ……お二人とも、大丈夫《だいじょうぶ》ですの？」

「み、水をくれ！」

「私にも水を……！」

俺とフレッドは互いに水を求めた。今は非常に喉《のど》が渇《かわ》いている。少しでもその渇きを癒したい。

そして今日のところはここまでにしておいた。

うん……まじで疲れた……今日は……。

「はい、水ですわ」

「ありがたい」

「ありがとうございます」

そうして俺たちは十分に水分補給をした。フレッドの強さはもはや国内屈指《くっし》だろう。錬金術を使いながらの戦闘はきっと、今後は重要になる。だがフレッドがいれば教えることもできる。きっと俺は農作物に集中できるようになる。うん、なるといいなぁ……。

そんなことを考えていると、セレーナのお母さんがやってくる。

「あらあらあら、随分《ずいぶん》と派手に……どうか、うちのお風呂をお使いください」

俺《おれ》の苦労はまだ、始まったばかりであった。

◇

どうもセレーナですわ。今、私は一人でぼーっとしていますの。フレッドは先にお風呂に入り、次はエルが入る予定で、今はこうして待機している時間。私はすでに済ませているので、今は綺麗《きれい》になっていますわ。

そんな私ですが、最近悩《なや》みがありますの。以前からずっとなのですが、その……お母様が本気でエルと婚約を結べと……。既成事実を作ればどうにでもなるというのですが、つまりエルとそういうことをしろと……。

まぁでも？　実際のところ、エルから付き合って欲《ほ》しいと言えば考えないこともありませんけど？　エルは見た目だけはちょっとかっこいいですし？　長身なのもそうですが、

「俺には農作物のために筋肉も必要だ。農作業は結構大変だからな」と言って鍛えている

ので体つきもいいですし？　錬金術は規格外で、歴史の中でも最高の天才だとは認めるところですのよ。だって碧星級の錬金術師なんて、普通はありえません。三大貴族の長い歴史の中でも、誰もが白金級止まり。でもエルは、碧星級。貴族は遺伝子の関係もあって、皆《みな》が錬金術師としての適性が高いのに、農家出身のエルが碧星級って……と思っていましたが、今は尊敬していますわ。

だって、エルは本気なんですもの。入学して出会ってから、彼《かれ》はずっと本気でした。あの時だって……。

「あらあら、あなたぁ……農作物のために錬金術を学ぶだなんて正気ですの？　これだからちょっと錬金術ができると勘違《かんちが》いした農民は……。全く、真理探究のために錬金術を学ぼうとは思わないんですの？」

「……お前の言い分は分かる。三大貴族のブリュー家には真理探究の使命があるのかもしれない。だがな、俺は本気だ。それに俺は現段階で、白金級の錬金術師。ましてお前は、銅級《ブロンズ》だろ？　口を出すなら結果を出してから言えよ。俺よりも上のランクなら一考の余地ありだが、お前にはない。つまり、お前の真理探究とやらは俺の農作物への愛より劣《おと》っているということだ。お前の理屈《りくつ》に当てはめるとそうだろ？」

「ぐぬぬぬ！　もう頭にきましたわ！　決闘《けっとう》ですのよ！　決闘！　ブリュー家の名をかけ

て決闘を申し込みますわッ！」

と、私は熱くなってしまい決闘を申し込みましたが、惨敗《ざんぱい》。手も足も出ないとはこの事かと痛感いたしました。結局は、私の貴族の誇《ほこ》りなんてこんなもの……そう思っていると、エルはこう言ってくれたんですのよ？

「すまないな。俺も熱くなりすぎた。それに劣っていると言ったが、あれは訂正《ていせい》する。お前には、お前の熱意がある。それがランクだとか、どうとかは関係ない。真理探究、貴族《ノブレス》の義務《オブリージュ》、貴族には色々とあるのも知っている。それでも俺とお前は同じだよ。目的は違っても、手段は同じだ。錬金術を通じて、成したいことがある。上からの物言いになるかもしれないが、俺はお前の……いや、セレーナの夢をバカにしない」

「……ウィリスさん、いいえ。エル、あなたはこんな私を認めてくれますの？　ただの口だけの貴族を……」

「もちろんだ。口だけ？　ならその言葉に見合う錬金術師になればいい。虚勢《きょせい》もまた、なりたい自分への道だ。俺はお前を認めるよ」

あの時のことは今でも覚えています。そして、そんなエルを私は尊敬しています。

それで……そのような話をお母様にしてから、実はお母様がエルを本気でこの家に迎え入《い》れようとしているんですのよ……何度か顔を見たいというので連れてきたのですが、もう大層気に入ってしまいまして……お母様はエルにご執心《しゅうしん》。絶対に息子《むすこ》にするのだと、奮起していますの……。はぁ、どうなることやら……。

「セレーナ、ちょっと来なさい」

「ん？　何かありましたか、お母様？」

「エル様とフレッドさんは急な用事で帰られたみたいです。あなた、今からもう一度お風呂に入ったら？　さっき、もう一度入りたいと言っていたでしょう？」

「えぇ……それはまぁ……」

私はお風呂に入るのが大好きだから、またとない機会です。二人が急に帰ってしまったのは仕方ありませんが、この際いいでしょう。どうせまた会うでしょうし。

「ではお母様、お風呂に入ってまいりますわ」

「えぇ……ごゆっくり」

そうして私は自宅の浴場へと向かいました。

「ふんふんふ～ん」

お風呂は何度入ってもいいものです。そして、カラカラと戸を開けて入るとそこには湯に浸かっているエルがいました。

そう……エルがいましたの。

「ええええええ、エル⁉　急用で帰宅したのでは⁉」

「んあ？　それはフレッドだろう？　なんか緊急会議《きんきゅうかいぎ》があるとかさっき急いで帰ったぞ？」

は、ハメられたんですわあああ‼

これはお母様の策略ッ！　と、とりあえずすぐに出ないと！

そう思って戸に手をかけるとビクともしません。

「え……？」

「いいこと、セレーナ。既成事実よ、既成事実。三十分はこの戸を封《ふう》じておくから、しっかりとやるんですよ」

「お母様あああッ！」

戸は錬金術によって完全に封鎖《ふうさ》。お母様は白金級の錬金術師で、この戸はおそらく私の力では開きません。エルに頼《たの》んでもいいけど……それだと不可解に思われますの……ここは、開き直ってエルと一緒《いっしょ》に入るしか……。

「どうしたセレーナ。急に叫《さけ》んで」

「な！　なんでもないですわ！　では私は体を洗いますの」

「あぁ……俺は湯に浸かってるわ～。あぁ、しみるぅ～」

こ、この男……私が一緒に入る状況《じょうきょう》に一ミリも動じていません！　「あぁ一緒に入るの？

いいよ？　好きにすれば？」みたいな雰囲気でお湯に浸かっているなんて！　うぅぅぅ、どうしてこんな目に……。

私は惨《みじ》めな気持ちになりながら、体を洗ってからエルとはちょっと遠くのところで湯に浸かります。すると、エルはきょとんとしてこっちを向いてきました。

「どうしたセレーナ？　こっちに来いよ。いつもみたいに雑談でもしようぜ」

「ま、まぁ分かりましたわ」

「？　セレーナ、やけに顔が赤いな。のぼせているのか？」

「え⁉　こ、これは大丈夫ですのよ⁉　おほほほほ！」

とエルがこっちに近づいてきます。

近い！　近いですわ！

チラッと体を見ると腹筋は綺麗に割れていて、肩《かた》周りの筋肉も、上腕《じょうわん》の筋肉もかなりついています。か、かっこいい……は！　そんなことを考えている場合ではないですわ！

「そういえば、騎士団はどうだ？　ちゃんとやれているか？」

「え、ええ。先輩方《せんぱいがた》も優しいので、しっかりとやれています。エルと友人だと言ったらみんな紹介《しょうかい》して欲しいって言ってましたわ」

「はは、それは遠慮《えんりょ》しておこうかな。これ以上、変に人脈は増やしたくないしな。まぁ、機会があれば程度で……」

「えぇ。ではそのように伝えておきますわ」

「思えば、セレーナと一緒に風呂《ふろ》に入るほどの仲になるとはなぁ……あの時からは考えられない」

「そ、そうですわね。私もエルと、こ、こんな状況になるとはお、思ってもいませんでしたわ」

なに⁉　何なの⁉　わざと⁉　わざとですの⁉　わざと私を試《ため》すような発言をしているんですの⁉

「ふぅ……じゃあ俺は上がるかな。このまま帰るから、じゃあなセレーナ。またこの家に招待してくれ」

「えぇ……お母様も楽しみにしているので、是非《ぜひ》に」

ニヤッと笑うと、エルはざばぁと上がってそのままペタペタと歩いて出ていきます。

「……はぁあああ」

長いため息が出ます。はぁ、良かったのか悪かったのか……いやでも、悪くはありませんでしたわ。うん……うん……。

その日の夜。

私はエルの筋肉が頭から離《はな》れずに悶々《もんもん》と過ごしましたのは内緒《ないしょ》ですのよ……。

◇

どうもフィーです。本名はアルスフィーラ・メディス。

三大貴族の中でも一番、歴史と権力のあるメディス家の長女です。

私はそのメディス家の中でも一番の有望株。次期当主なのは当たり前だけど、錬金術《れんきんじゅつ》の歴史の中で史上最高の天才と称《しょう》されていたわ。カノヴァリア錬金術学院を史上最年少で卒業。そして、卒業と同時に白金級のクラスも獲得《かくとく》。その後は学院で講師を務めて、あっという間に校長の座に就任。

順風満帆《じゅんぷうまんぱん》の人生だった。私には特に苦労した記憶はない。努力はそれ相応にしてきた。でも死ぬほど辛《つら》いとか、もういやだぁ、とか感じたことはない。

でもそれは、エルとの出会いで変わる。そう、大きく変わったの。

エルウィード・ウィリス。長い錬金術の歴史の中で二人目の碧星級となった正真正銘《しょうしんしょうめい》の天才。史上最高の天才錬金術師と評されるようになって、もう割と時間が経った。私はそんな彼が無名だった頃《ころ》から知っている。というか、彼は私の弟子《でし》なのだ。

校長に就任した私には学院の経営という仕事がある。授業はちょっとはしても、以前のようにゼミを持ったりはしない。でも、私はエルの入学試験の点数を見て、私が担当するしかないと思った。

「は……？　満点？」

「ええ。メディス先生。満点です。ペーパーも実技も満点ですよ」

試験監督《かんとく》だった男性の先生が私にそう伝えた。その時は冗談《じょうだん》だと思った。

「これ、試験結果です」

そう言われて、私は試験結果をまとめた紙を受け取った。

錬金術基礎論《れんきんじゅつきそ》：満点

錬金術属性論：満点

錬金術実技：満点

本当にそう書いてあった。え？　本当に？　私だって、当時は八割が限界だったんだけど……。

「これ、本当に？」

「えぇ、満点です。彼は天才です。でも問題が……」

「素行とか、性格？　天才にありがちよね。ま、そういう奴《やつ》は大したことないんだけど？」

「農家出身なのです」

「……えええぇ？　貴族は……そうだったら私がもう知っているか……でも、農家の出身？　農家出身の錬金術師って今までにいないわよね？」

「えぇ。いません」

「そうよねぇ……」

資料を見ると、エルウィード・ウィリスという名前が書いてあった。経歴は普通。至って普通の経歴。だけど、満点なんて異常だ。カンニングでもしたの？

「カンニングの形跡《けいせき》は？」

「ありません。それにカンニングだとしても実技では不可能でしょう」

「そうよね……わかったわ。彼の面接は私一人でしましょう。任せて」

この学院には一応形式的に面接試験がある。ペーパーと実技で合格点を取れたらほぼ合格だが、面接をするにはする。そして、生徒の性格などを考慮《こうりょ》してゼミに配属する。もちろん、相手の要望も聞くが最終的にはこちらが判断する。

私はそうして、エルと出会うことになる。

「では、エルウィード・ウィリスさん。入室してください」

「……失礼します」

ぺこりと頭を下げて、私の前の机に着席する。うん、とりあえず異常な人間ではないらしい。たまにまともに机に座《すわ》れない者もいるが、今の所は大丈夫。

それにしても……かっこいいわね。妙《みょう》に私好みの容姿だわ。髪《かみ》は色素の薄《うす》い白金《プラチナ》。長さは肩にかかる程度で、サラサラとしている。また体つきはかなりのもので、高身長に肉付きのいい体。鋭《するど》い目は、それほどきつい印象はない。これで十四歳《さい》というのだから、かなり早熟だ。ぱっと見は、二十代にも見える。

「では、志望理由をお聞かせください」

これは本当に形式的なものだ。だいたいは錬金術師として、真理の探究を〜とか、家の使命で〜とかで私たちも何かを期待しているわけではない。

「私がこの学院の入学を志望したのは、『世界最高の農家プロジェクト』を達成するためです」

「せ、『世界最高の農家プロジェクト』？」

「はい。要するに、私は自分の生み出した農作物を世界中に発信したいのです」

「えっと……それと錬金術に関係が？」

「錬金術を使えば、農作物の品種改良が容易に行えます。私はそのためにここに来ました。親には無理だと言われましたが、試験は割とよくできたつもりです。そして、この面接に進めたということは、私はペーパーと実技で合格点を超《こ》えていたということですよね？」

「えぇ……その、割とよくできたの？」

「ええ、割とよくできました」

「ほ、本当はよくないけど……点数知りたい？」

本当は生徒に点数を開示しない。でも私は確かめたいことがあったのだ。

「教えてもらえるのなら、宜《よろ》しくお願いします。フィードバックは大切だと思いますので」

「……その満点よ、あなた……」

「満点、それは錬金術基礎論、錬金術属性論、錬金術実技の全て満点ということでしょうか？」

「そうね。こちらではそう把握《はあく》しているわ」

「そうですか……満点の自信はなかったのですが……」

「その何処《どこ》あたりが不安だったの？」

「錬金術基礎の錬成陣と魔力《まりょく》のあたりですね。全《すべ》ての問題が記述だったので、書きすぎたと思いましたが良かったです」

開いた口が塞《ふさ》がらないとはこのことか、と思いながら面接を続けていく。

「で、農作物を品種改良するために、この学院に？」

「今までは独学でやっていましたが、誰《だれ》か専門的に学んでいる人に習ったほうがいいと助言を受けまして……両親は駄目元《だめもと》でやってみろ、と言っていましたがこの面接まで来れてホッとしています」

「そのぉ……ご両親は農家の方よね？」

「はい、そうです」

「錬金術は使えるのかしら？」

「いえ、うちの家族で錬金術を使えるのは姉と、私と、妹だけです」

「そ、そう……」

うん、意味がわからない。しかし素行に問題はないし、返答もしっかりとしている。目標も明確だし、逆に落とす理由が見当たらなかった。

そして私はこう告げる。

「えーっと、入学は認めてもいいです。でも何か変な目的があるわけじゃあ、ないわよね？」

「もちろんです。これまでも、これからもこの身は農作物と共にあります」

「そ、そう。じゃあこれから頑張ってね」

「はい！」

うん。この純粋《じゅんすい》な瞳《ひとみ》はきっと目標のために邁進《まいしん》する覚悟《かくご》の表れだ。まぁ大丈夫でしょう。何かあれば、私がどうにかすればいいし。流石に私よりも優秀《ゆうしゅう》ってことはないわよね？

でもこうなると、十四歳で入学か……。史上最年少になるわねぇ……これは貴族も荒《あ》れるだろうし、神秘派と理論派も黙《だま》ってはいない。きっと何か起きるかもしれない。あぁ……どうか何も起きませんように……。

そしてそれは、見事に裏切られることになる。

「はぁ……」

あの時から二年。ちょうど二年。色々あった。本当に色々あった。エルは入学すると同時に頭角を現し、入学して半年後には白金の錬金術師に。そしてさらに半年後、つまり入学してから一年で碧星級になった。「なぁ、フィー。この論文ちょっと見てくれ。割とよくできた」そう言ってきて見た論文。

それはもはや意味不明。結果として完全独立型人工知能が実現できて、ホムンクルスは生み出せるとわかった。でもそのプロセスは私ですら、いや世界中で彼しか理解できていない。

私はそれを錬金術協会に届けた。

だが、白金級の錬金術師が何人集まっても理解できなかった。だが彼が生み出した、『ハイハイする人参《にんじん》』は意思を持っているし、簡易なコミュニケーション能力もあるし、自力で動いているのだ。

エルによると、「クオリアへのアクセスと、錬成陣の組み込み方にコツがある。知能自体は俺のものをコピーして少しだけ分けている」らしい。意味がわからない。クオリアもそうだが、知能をコピーも意味がわからないし、それでなぜ人参がハイハイしているのかも意味不明。だが、これは紛《まぎ》れもなくホムンクルス。

一見馬鹿《ばか》げているようにも思えるが、ホムンクルスなのだ。私たちはホムンクルスが実現可能だということを伏《ふ》せて、エルを碧星級の錬金術師にすることに決め、世間に公表した。史上最年少かつ、史上二人目の碧星級の錬金術師、エルウィード・ウィリスの名を。

そして巡《めぐ》り巡って彼は無事に卒業し、彼の講師デビューも終わった。

終始ハラハラしていたが、本当に問題もなく終わった。エルの学生時代から考えると本当に進歩している。

その日の夜。私はエルと二人で意気《いき》揚々《ようよう》と飲み会にいくのだった。

「でさぁ……エルぅ、聞いてよぉ。なんかぁ、お母さんがずっと結婚《けっこん》しないのか？　しないのか？　ってうるさくてぇ……」

「フィーは確か、今年で二十七だっけか？　まぁそれは言いたくもなるかもな。それに貴族は結婚が大切だろ？」

「うん……優秀な子どもを残すのが大切って言われてるけどぉ……私ってほら？　すごいじゃない？」

「まぁ……優秀だよな。ふつーに。二十代後半で学院の長だし、白金級の錬金術師だしな」

「そうそう。で、お見合いとかもするのよ？　それなりの名家の男とね？　でも私の経歴がすご過ぎてみんなすごく謙《へりくだ》るのよ。三大貴族で学院を仕切っているかつ、白金級の錬金《れんきん》術師《じゅつし》の貴女には僕《ぼく》は釣《つ》り合《あ》いませんとか言ってさー。んだよー、こっちは頑張ってそうなるようにしたのに、こんなところで苦労するとかさー」

「……貴族も大変だな」

今はお酒も入って良い気分。さっきエルにプレゼントも貰《もら》ったし、さらに良い気分。まさかエルが私にプレゼントを用意しているなんて夢にも思っていなくて、本当に嬉《うれ》しかった。これほど師匠冥利《ししょうみょうり》につきることはない。ま、ランクは逆転してるんですけどね……とほほ。

「はぁ……私より優秀で若くて、釣り合う男はいないのかしら」

「騎士団とかはどうだ？」

「んー、可能性としてあるけど……どうだろ。騎士団でそんな人はもういないかも」

「そうか、大変だな。心中お察しする。良いやつがいたら俺も紹介しよう」

「うん……よろ～」

うん、バカなのかな？　この農作物バカはやっぱり、周りが見えていない。私と釣り合う男なんてあんた以外にいないでしょうがッ‼

そんな怒《いか》りもあって、私は今日は飲んだ。それはもう、飲んだ。途中《とちゅう》でエルが、「飲み過ぎだぞ、フィー」と言っていたがそんなのは無視。今日は久しぶりに解放された日なのだ。私は自由だああッ！

そして、そこから先……私は幸せな夢を見る。

「さぁ早くぅ！　脱《ぬ》がせて！　エル！　早く！」

そう私はエルと恋仲《こいなか》になった夢を見た。

今はまどろみの中。何をしてもいい夢の中。そう、ここでなら私は自分をさらけ出していいのだ。

「やだ！　一緒に寝《ね》て？　お願い……」

エルが帰るって言っている。そんなのやだ！　一緒に寝たい！

でも、エルは卒業して私の無理で講師になって……農作物の研究が遅《おく》れている。ここでずっとジタバタしたら、私……重い女になる。それはエルの迷惑《めいわく》になるし、よくない。

そしてエルはそのまま帰って行った。なんか妙にリアリティのある夢だったけど、たまにはこんなこともあって良い。そんな風に思っていた。

そうして私は再びまどろみの中に落ちていくのだった。


翌朝。

「ん？　朝？」

目が覚める。それにしても妙に頭が痛い。ズキズキする。昨日は飲み過ぎたのかもしれない。そして私は洗面所に顔を洗いに行った。

「あれ？　タオルがたたんである？　それにお風呂に入った跡《あと》も……あれ私って昨日……」

記憶《きおく》を遡《さかのぼ》る。そういえば、私はどうやって家に帰ってきたのだろう？　ずっと気持ちのいい夢を見ていたが……え？　待って、待って、待って。え？　まじで？　まままま、マジで？

「……」

サーっと顔が青ざめる。

え？　ちょっと待って⁉　現実⁉　あれって現実だったの⁉

私はヤベェ！　と思ってすぐに隣《となり》に住んでいるエルの家に向かった。

「はーい。どちら様って……あぁ、直接インターホン鳴らせるのはフィーぐらいしかいないよな。ふわあああ……どした？　何か用か？」

「昨日のこと！　覚えてるよね⁉　忘れて！　昨日のことは、忘れてエル！」

「俺に記憶操作の錬金術は使えない。無理だ。まぁいい経験になっただろ？　これからはもっと酒に気をつけろ」

「う……それで、見たの？」

「いや、俺は視界がきかなくとも周囲を把握することができるのは知っているだろ？」

「そうだけど……輪郭《りんかく》とか、形とか、覚えているでしょ？」

「直接見られるよりかはいいだろう。これでセクハラと言われるなら、俺は泣くぞ。フィーが超高度《ちょうこうど》な結界を張るせいで、帰るに帰れなかったし」

「う……ごめんなさい。全面的に私が悪いです。いきなり押《お》しかけてごめんね。今日は帰る、バイバイ」

「あぁ」

そんなやりとりをして、とぼとぼと家に戻《もど》った。お、終わった……私のクールビューティな印象が全てなくなってしまった。

「うわあああん！」

ソファーにダイブして悶絶《もんぜつ》する。

私のアドバンテージと言えば、できる女でクールで知的……なはずなのに、昨日の私はなんだ？

私は完全にやらかした。そう、やらかしたのだ。うううううううぅぅぅ、これからどんな顔をしてエルに会えば良いのよ……。

絶望に浸《ひた》っていると、家の電話が鳴《な》り響《ひび》く。

「はぁ……こんな時に誰よ……はい、もしもしアルスフィーラです」

「フィー？　今は家にいるの？」

「いるけど、どうしたのお母さん？」

電話してきたのは母だった。てっきり仕事の電話と思っていたから、ちょっとだけ気が抜《ぬ》ける。

「今から帰って来れる？」

「今日は何もないから良いけど……どうしたの？」

「神秘派の連中がどうにも動きが怪《あや》しいのよねぇ……それで貴族会議をするって、あなた次期当主なんだから来なさいよ」

「えぇ……まーた、神秘派？　今度は何？」

「……言いにくいけど、エルさんの進路が気にくわないとかなんとか。メディス家が囲い始めたとか、横暴だとか、色々とクレームが多くてね。それの対策」

「ええええぇ……だるぅ。お父さんに任せちゃダメ？」

「あなたが原因でもあるのよ？　学院の講師にするなんて、周りから見ればあなたが囲っているとしか思えないわ。もっと良い就職先もあったのに」

「ええええええぇ、私のせい？　私がいなかったら、今頃《いまごろ》エルは家の農家を継《つ》いでるんだよ？　最大限譲歩《じょうほ》した方でしょう」

「……あいつらの頭はね、そんなことじゃ変わらないの。ま、とにかく来なさい」

「……はーい」

電話を切ると、まだ痛む頭を押さえながら私は外着に着替《きが》えて、自宅へと向かうのだった。

第三章　プロトが立った⁉

あれからセレーナの家から帰って来た俺は早速《さっそく》、工房《こうぼう》にこもって研究を開始する。今回の研究は、プロトを立たせることはできるか？　というテーマだ。

俺が開発した完全独立型人工知能のプロトタイプである、『ハイハイする人参』。名前はプロトタイプだから、プロト。

最近こいつのハイハイの速度が上がってきており、さらに手足の肥大が激しい。以前よりも数パーセントは上がっている。全てのデータを数値化しているからこそ、可視化できる。そして俺はその数値を見て思いついた。

プロトを一号たちのように、立たせることはできないか……と。数値的には一号たちと遜色《そんしょく》はない。ならば、理論的には可能なはずだ。しかし、問題は錬成陣《れんせいじん》の組み込みである。自立型二足歩行術式の組み込みは後からでも可能なのか。

それさえできればプロトはもっと成長できる。

そして工房に来た俺は、プロトに声をかける。

「プロト、帰ってきたぞ～」

するとひょこっとプロトが顔を出す。こいつはとても良い子で基本的には勝手に出て行ったり、俺の言うことを聞かないと言ったことはしない。

トウモロコシ達と違《ちが》って、クーデターも起こさない。「良いか、プロト。俺が帰ってくるまで、おとなしくしていろよ？　栄養剤《えいようざい》はここに置いておく。だが急激に摂《と》りすぎるなよ？　ゆっくりだ」と言うとコクコクと頷《うなず》いて、そのままハイハイをして何処《どこ》かへ行く。

本当は外で日を浴びせたいが、今日は用事もあるので仕方なかった。そうして帰ってくると、プロトは元気そうだった。

「栄養剤の減りは……おぉ！　プロト、今日も最適な間隔《かんかく》での摂取《せっしゅ》だな！　すごいぞ！」

プロトを優《やさ》しく撫《な》でると、ブンブンと頭を縦に振《ふ》るう。これは嬉しい時のサインだ。ちなみに嫌《いや》がっている時は横に頭をブンブンと振る。

「それにしても……興味深いな……」

プロトの栄養摂取の時間は俺の理想としているものだ。一日に二回、間隔は最低でも六時間は空けること。こいつはそれをきっちり守っている。トウモロコシ達はろくに守らないが、プロトは違う。こいつは教えたことは愚直《ぐちょく》にこなすやつなのだ。

プロトとトウモロコシは完全に偶然《ぐうぜん》の産物で生まれてしまったのだが、生まれたからには最期《さいご》まで責任を持つ必要がある。だからこそ、今後のためにも俺はこうして研究を続けている。

「……コード起動」

俺はスッとプロトに手をかざすと、プロトはごろんと腹を見せるようにして寝転《ねころ》がる。

俺が今行っているのは、コード解読だ。これは一般《いっぱん》には公開していないが、生物にはそれぞれ独自のコードが走っている。そのコードの中を第一質料《プリママテリア》が満たし、物質を構成している。そして、そのコードの配列を書き換《か》えることで農作物の品種改良は可能となる。

実はこれ、人間にも応用できる。だがそれを知っているのは、俺とフィーを除けばほんの数人しか知らない。

「良いこと、エル。このことは絶対に秘密よ。コードの存在もそうだけど、コードの書き換えが可能で、それをすると生物が変質する。これは知られたらいけないわ」

「優生思想の話か？」

「そう。より優《すぐ》れた人間を人工的に生み出そう。ホムンクルスと違って、後天的にね。そうすれば、人々には人権がなくなる。より下層の人間が搾取《さくしゅ》され、錬金術師がまるで神のようになってしまう。特に、神秘派たちが好きそうな思想ね」

「わかった。他言はしないと誓《ちか》う」

「よろしくね」

そう言うやりとりがあった。俺《おれ》はもちろんこの研究成果を公開しない。俺がしたいことは農作物を世界に広めることで、研究成果を発表して賞賛されたいと言うことではない。

そして、プロトのコードを解読していると、やはり思った通りの変化があった。

「……やはり、トウモロコシたちとコードの配列が似ているな。つまり、プロトは成長可能なのか……？」

俺はすぐにノートにメモを取る。最近、トウモロコシたちは学院で管理しており、プロトはここで管理している。と言うのも、トウモロコシたちよりも俺はプロトこそ鍵《かぎ》になると踏《ふ》んでいるからだ。

完全独立型人工知能。これは未《いま》だに解明されていない点が多い。そしてそれを理解できるのはこの世界で俺だけ。

ならば、俺がその謎《なぞ》を解き明かして最高の農作物を作るしかない。正直、ホムンクルスを意図して作ろうと思って作ったわけではないが、結果的にはこうして生まれて来てくれて感動している。我《わ》が子《こ》のようなものだ。

そして今までは、完全独立型人工知能には進化の余地がないと考えていた。プロトが長い時間経過しても、コードに変化がなかったからだ。だが最近、プロトはかなり賢《かしこ》くなって来ている。以前はトウモロコシたちのように、言うことを聞かないことが多かった。だと言うのに、プロトは俺の言語をしっかりと理解して行動している。理性、知性はすでに小学生並みである。

「プロト、大丈夫《だいじょうぶ》か？」

「……‼」

そう言うとプロトはぐっと右手を挙げる。また足の方もブラブラと揺《ゆ》らしていて、とても可愛《かわい》らしい姿だ。ごろんと仰向《あおむ》けに寝転がっているので、四肢《しし》はぶらりと垂れ下がっているも、それを揺らしながらリズムでも取っているようだった。

歯医者のような気分だが、悪くない。

言葉を話せるわけではないが、俺の言うことはしっかりと理解しているようでいつものように自分の意思をしっかりと示してくれる。よく見ると体が微妙《びみょう》にプルプルとしている。この時はテンションが上がっている証拠《しょうこ》だった。

まるで、俺も成長しているだろ？

と言わんばかりの態度である。まぁ、俺の勝手な予測ではあるが。

そして、こうしてしっかりとコミュニケーションを取るたびに、俺は自分の夢が確実に前に進んでいると実感できる。

実際のところ、俺はこの研究はさらに進んでいくのではないかと予想している。生物に存在しているコードの解読。それはきっと、神の領域に等しいものだと。まぁ俺は別に神秘派でもないので、神とかはよくわからないがきっとそんな感じだと思う。

俺はそんなことを考えながら、プロトの定期検診《けんしん》を終えた。

「よし、プロトよく頑張《がんば》ったな。今日はもう良いぞ」

「……！」

ぐっと再び右手を挙げると、その瞬間《しゅんかん》……プロトが立った。

そう、立ったのだ。

「ぷ、プロトッ⁉　お前、立ったのかッ⁉」

「……！」

驚愕《きょうがく》を示していると、直立したプロトが再びぐっと右手……だけじゃない。両手を天高く挙げる。

「あああ……あぁああああ」

あまりの驚愕に体が震《ふる》える。俺は自立型二足歩行術式をプロトには組み込んでいない。こいつにあるのは、完全独立型人工知能だけ。だと言うのに、プロトは今、俺の目の前で悠々《ゆうゆう》と闊歩《かっぽ》している。

まるで歩くことそのものが楽しいと感じているように、テクテクと確実に大地（机）を足で踏みしめている。

「ぷ、プロト！　もう一度、コード解読だッ!!」

「……！」

そう言うとプロトは、よっこらせと言わんばかりに座り込んで再び仰向けになる。こ、こいつ……挙動が段違《だんちが》いだぞッ！

そして俺はもう一度、プロトのコードを確認《かくにん》する。

「な……!?　これは、自立型二足歩行術式!?　この錬成陣は組み込んでいないのに……錬成陣が生まれている……だと……!?」

そう。そこには、自立型二足歩行術式があった。厳密にはコードの中に複雑に絡《から》み合うようにして錬成陣が組まれている。

俺は急いで今の現象をノートに詳細《しょうさい》に書き込んでいく。

今回の研究の結果、完全独立型人工知能は成長すると言うことが判明。さらに体内に独自に錬成陣を生成できるとも分かった。これは世紀の大発見に違いない。俺の目指すプロジェクトが、大きく前進したのだ！

「よし、もう良いぞ。プロト」

「……！」

そう言うとプロトはスッと立ち上がって、水分補給へと向かう。その足取りは軽い。

「……」

プロトは黙々《もくもく》と水に頭を浸《つ》からせている。そしてそれは、今まで俺の補助が必要だった。

ハイハイしかできないプロトには、器《うつわ》に溜《た》まった水に頭を入れることなどできないからだ。

だがしかし、今は自分で行っている。そう、自分一人で……！

これが独り立ちした子どもを思う、親の気持ちなのか……。

その時、俺は考えた。今すぐ、この研究成果を誰かと共有したい。そして共有できるのは一人しかいない。フィーだ。今はもう夜なので家にいるはず。

「良いか、プロト。フィーを連れてくる。おとなしく待ってろよ？」

「……‼」

任せろと言わんばかりに右手をぐっと掲《かか》げるプロト。

そうして俺はすぐさま、フィーの部屋に向かった。

「フィー！　フィー⁉　おい、開けろッ⁉　大変なんだッ⁉」

インターホンを押すのも忘れてドアをドンドンと叩《たた》く。すると、ドタドタと音がしてフィーのやつが出てきた。

「ど、どうしたの⁉　エルが大変って言うことは何かやばいことが⁉　また野菜たちが反乱でも起こしたの⁉　やばくない⁉　やばいよね⁉　どうするの⁉」

顔を真っ赤にしているが、そうではない。今日は歴史が変わった瞬間なのだ。

「よく聞け、フィー。プロトが立った」

「……え？　プロトってあの人参……だよね？　錬成陣の組み込みに成功したの？　でも確か、自立型二足歩行術式の組み込みは後からだと難しいって……」

「なんとな……自然発生したんだ……」

「は？」

「後天的に獲得したんだよ。コード解読をしてみたが、複雑に絡み合うようにして錬成陣が構成されていた。つまり、俺の生み出した完全独立型人工知能は……進化するんだ……」

「えええええッ⁉　それ、まじ⁉　それこそやばくない⁉」

「あぁやばいとも‼　こい！　見せてやるよ！」

「うんッ！」

そうしてテンションマックスになった俺たちはエレベーターで一階へと向かい、そのまま地下室に赴《おもむ》いた。

「おい、プロト。戻ってきたぞ」

「……！」

すると、プロトが右手をスッとあげる。まるで「やぁ、戻ってきたんだね」と言わんばかりの仕草だ。どことなく優雅《ゆうが》な雰囲気《ふんいき》もする。

「……えぇえぇえぇえ!?　本当に立ってる!?　エルって、あの論文じゃ完全独立型人工知能の発展はないって記述してなかった!?」

「……常に技術、概念《がいねん》とはアップデートされるものだ。俺は今日、再び偉業《いぎょう》を成《な》し遂《と》げたんだ……やったよ、フィー……」

「う……嘘《うそ》……エルってば、本当にすごいのね……これはまた、歴史が変わるわよ……」

フィーはあまりの驚《おどろ》きにその場にぺたんと座り込んでしまう。フィーは最近バカっぽいが、こいつも正真正銘の天才であり、白金級《プラチナ》の錬金術師。俺の偉業がどれだけ異次元か、その片鱗《へんりん》は理解しているのだ。

「はぁ……でも、これってまた火種に……神秘派の連中にバレたら、またかんどくさそうな……」

「どうした？　何かあったのか？」

「実は……」

こうして『世界最高の農家プロジェクト』は大きく前進したのであった。

「先生、おはようございます」

「おはよー、エル先生」

「おはようございます、ウィリス先生」

「うーい。おはよー」

俺が講師になって一週間が経過した。生徒たちも俺に見慣れたのか、今では普通《ふつう》に挨拶《あいさつ》をしている。

そして自分の研究室で授業準備をしようと思って歩いていると、後方から声をかけられる。

「せ〜んせい。おはようございます」

「あぁ……これはアリス様。おはようございます。では私はこれで」

「……お待ちなさい？」

「ひいいいぃいぃい……！」

そう。実はほぼ毎日、この第三王女ことアリスに声をかけられる。

アリスのお気に入りという噂《うわさ》もあるらしく、あまり生徒が寄ってこないのはそれが原因らしい。フィーから聞いたので、間違《まちが》いない情報だ。

それにしても、この王女。飽《あ》きないのだろうか、いつも絡んでくる。

「今日のお昼はどうされますか？　先生？」

「いや、いつも通り購買《こうばい》か学食かな」

「……ふ～ん。そうなんだぁ……」

ジロリと値踏《ねぶ》みするような目線で見てくるアリス。

そして、アリスは思いがけないことを口にする。

「実は私、お弁当を作ってきたんです」

「は？　弁当？」

「先生のために、作ってきたんですよ？」

上目遣《うわめづか》いかつ、妙に色っぽい視線で俺をじーっと見つめてくる。

確かに最近は購買か学食が多かったからな。

まぁ、たまにはこの王女に付き合ってもいいかと思うと、俺はその提案を了承《りようしよう》するのだった。

「……分かった。屋上で食べよう」

「あら？　屋上は立ち入り禁止では？」

「俺が鍵を持っている」

「あらあらまぁまぁ。私は誰もこない屋上で何をされてしまうのでしょう?」

「はいはい。昼食を食べるだけな。んじゃ、また」

「えぇ。では……」

と、俺たちは別れるが意味はない。なぜならアリスのやつは、俺の講義に絶対に最前列に座って出席するからだ。

俺が今年から受け持っているオリジナル授業。名前は、『元素理論《げんそりろん》と錬金術再構築概論《れんきんじゅつさいこうちくがいろん》』というものだ。要するに、錬成陣なしの錬金術をどうやって理論的に使うのか、ということを教える授業である。

この授業、もう慣れてしまったが毎回満員だ。なぜか座席指定もあって、立見席もある。また学生だけでなく、他の講師やわざわざ他の国からも見にきたりもしている。

初めは超絶緊張《ちょうぜつきんちょう》していたが、自分の専門領域なので案外慣れてしまった。

「……はい、ではここまで。次回は元素理論と錬金術の関係性についてお話しします」

そう言って俺は授業を終える。今日の予定はこの後アリスと昼食をとって、ゼミでリタを指導するだけだ。帰ったらまたプロトの様子を見て、レポートをまとめて寝る。完璧《かんぺき》な流れだ。そう思案していると、ダダダッとアリスが近寄ってくる。

「先生、行きましょう!」

「あぁ……早いな。んじゃ行くか」

アリスがやけに俺に近づいてくる。歩いて教室を出る時もぴったりと隣にくっついている始末。そして教室から何やらコソコソと声がする。

「やっぱりあの二人って出来てるんだぁ」

「まぁでも、王女と碧星級《ブルーステラ》だとお似合いすぎでしょ」

「そうだよね～。二人ともかなりお似合いだし」

ざわざわと噂が広まる。だがしかし、俺はこの時は全く気がついていなかった。今はプロトのことで頭が一杯《ぱい》だったからだ。こうして俺の状況《じょうきょう》がやばいことになるのは、まだ先のことである。


「ん！　うまいなぁ！」

「ふふふ。そうでしょう？」

屋上。

今日は晴天でかなり気持ちがいい。俺はいつもここで一人で昼飯を食べることが多い。というのも、『歩くトウモロコシ』たちを定期的に日光に当てる必要があるからだ。今日は連れてきていないけど。

実は学生時代からここを使っている。フィーに校内で暴れないという約束をして、ここの鍵を渡《わた》してもらった。今となってはベストプレイスだ。誰もこないしね。

そしてアリスの持ってきた弁当を食べるが、これがまた美味《うま》い。全て手作りなようで、玉子焼きからミニハンバーグ、おにぎり、プチトマトにレタスとキャベツ。安定のラインナップだ。それにしても、こいつが本当に作ったのか？

「本当にお前が作ったのか？」

「……まぁ！　疑いになるのですか？　正真正銘《しょうしんしょうめい》、私の手作りです。王族たるもの、料理の一つや二つ出来ますよ」

「ふーん。そういうものか」

俺はさらに箸《はし》を進める。美味い。これは俺のアレも提供するべきか。

「アリス、これやるよ」

「何ですか、これ？」

「野菜スティックだ」

「野菜スティックですか？」

「この棒状になった野菜に、俺特製のマヨネーズをつけて食べるんだ」

タッパーから野菜スティックを取り出して、小さな器にマヨネーズを盛る。市販《しはん》のマヨネーズは油分多めだが、俺のは少なめで少しだけ酸味を強くしている。これがまた、野菜に合うの何の。

「では、失礼して……いただきますね」

アリスは人参をつまむとマヨネーズにつけて、ポリポリと齧《かじ》るようにして食べる。瞬間、アリスの顔が驚愕の色に染まる。

「あらあら、まぁまぁ！　美味《おい》しいですね、これ！」

「俺の家の野菜と、俺特製のマヨネーズだ。まずいわけがないな」

フッとドヤ顔で語ると、俺もポリポロと食べ始める。美味《うま》い！　美味すぎる！　やはり自分の天才的な農家センスには惚《ほ》れ惚《ぼ》れしてしまう。だが、慢心《まんしん》は良くない。俺はたどり着く場所がある。これもまた商品化したいが、今は雌伏《しふく》の時。より多くのサンプルを取って、来《きた》るべき時を待とう。

そうして二人で昼食を進めていると、アリスが唐突《とうとつ》に話題を変える。

「そういえば、先生。神秘派のこと、聞いていますか？」

「神秘派？　あぁ……そういえば……」

俺は先日、フィーに聞いたことを思い出した。

「実は、神秘派がうちがエルを囲っているって怒《おこ》ってんのよ」

「は？　何だそれ？　俺は貴族様に養ってもらってるってか？」

「うーん。なんかぁ、今ってエルは学院で働いているじゃない？　んで、その学院はうちが経営してるでしょ？　だから、囲っているって。学院という檻《おり》にあの偉大《いだい》な才能を閉じ込めるとは何事かッ！　みたいな文書を公表してるのよ。それで、貴族会議にかけられて……まぁ、ちょっと様子を見ようってことに。エルには私が伝えるように言われたの」

「はぁ……神秘派も何だか、大変というか、何というか。暇《ひま》なのか？」

「……どうなんだろ。でもエルを特別視しているのは間違いないわね。初めは神の所業を暴《あば》く狂信者《きょうしんしゃ》とか言われていたけど、今はむしろあなたが神だという考えが根付いているわ」

「神？　俺が？」

「うん。錬金術の神だって」

「農作物の神じゃなくて？」

「それは……ないでしょうね。まぁ、ということで気をつけてね」

「了解《りょうかい》した。気に留めておく」


そんなやりとりをした。

しかし、アリスが言うって事はそんなにも大ごとになってるのだろうか。

「フィーに聞いた程度だが、なんか俺が神とか何とか」

「……ッチ、またあの女か」

「おーい。黒い王女、出てますよ～？」

「あら失礼。おほほ。それで、そうなんです。先生が神って崇《あが》めているやばい連中がいるんですよ。神が降臨なされた！　とか、神を崇めよ！　とか」

「ウヘェ……俺は神じゃないぞ……百歩譲《ゆず》っても、農作物の神なんだがな」

「実は王族にも神秘派は一定層いるんです。うちのお兄様とか……」

「あぁ……第二王子か、それは有名な話だな」

「えぇ……しつこく、先生を紹介《しょうかい》しろって言われています。でも、しばらくは合わない方がいいでしょう。うちに来る時は、婚姻《こんいん》の時でも構いませんし」

「あぁ……そうだな……ん？」

「あらやだ。つい本音が、おほほほ」

「わざとだろ」

俺はそう言ってアリスの頭に軽くチョップを入れる。

「あいた！　仮にも王女に何をするんですか⁉　訴《うった》えますよ⁉　責任とって婚約《こんやく》させます

よ！」

「どうどう。落ち着けアリス」

「あらいやだ。叩かれるなんて滅多《めった》にないので……オホホホ」

「それにしても神秘派かぁ……何もないといいけど」

するとと、屋上の扉《とびら》がガチャリと開く。俺は念のために外から鍵を閉めている。だがそれが開くということは、来るのは一人しかいない。

「エル、ちょっと話が……あ」

やってきたのはフィーだった。そして俺の右腕《みぎうで》にはアリスがこれでもかと絡みついていた。一秒以下の行動。俺が認識《にんしき》する前には、アリスは絡みついていたのだ。

「そ、その……邪魔《じゃま》しちゃった？」

「ええ。とてもお邪魔です。これから私たちはもっと凄《すご》いことをするというのに……」

「……ゴクリ。凄いこと、ですか？」

「そうですよ、フィー。凄いこと、ですよ？」

「はぁ……エルってば、またこのおてんば王女に捕《つか》まったのね。ほら、例の件で話があるから私の研究室に行くわよ」

「あぁ……分かったよ」

俺はアリスの腕《うで》を振りほどこうとするが、振りほどけない。

「おい、アリス。真面目《まじめ》な話なんだ。放してくれ」

「つーん。私より、あの女がいいんですか？　同い年よりも、十歳《さい》も年上がいいんですか？」

「……ふふふ、言ってくれるじゃないの。小娘《こむすめ》がぁ……」

あ、これやばいやつだ。

俺はそう考えて、咄嗟《とっさ》に転移の錬金術を発動。第一質料を経由して、俺とフィーを研究室へと繋《つな》げてすぐに跳《と》んだ。

「……よっと」

「わぁ！」

俺は着地に成功するも、フィーはすっ転んでしまう。転移が初めてでもないのに、ドジなやつだ。俺が手を貸すとフィーは恥《は》ずかしそうに立ち上がる。

「いててて。って、やるなら言ってよね!?　びっくりするじゃない！」

「すまん。こうでもしないと、アリスは放さなかったからな」

「ま、そうよね。それで本題なんだけど……」

そして俺はフィーから驚愕の事実を言われることになる。

アリスから逃《に》げた俺たちは、早速本題に入る。

「実は例の研究、錬金術協会に言ってみたけど……やっぱ誰《だれ》も理解できないって。でも今後は定期的に研究費としてお金出してくれるって」

「……まじか⁉　研究費が出るのか⁉」

「うん。ていうか、今まで出ていないのがおかしいのよ。それで会長が手続きしたいから、今日の放課後来いって。空いてる？」

「えぇぇぇぇ……プロトの研究をしたいが、やむを得まい。金は大事だからな」

「それじゃ、また放課後に行くわね。私もついて行くから」

「は？　俺一人でもいいだろ？」

「はぁ……あなた未成年でしょ。保護者か、師匠《ししょう》の証人がいるのよ」

「なるほど。了解した」

「はい、それじゃあよろしくね～」

そして、俺は自分の研究室へ向かった。

研究費。やはり何事にも金は大事だ。俺がやりたいプロジェクトも何かと金がかかる。

いくら稼《かせ》いでるとはいえ、さらに増えるのはいい事だ。

そうして放課後がやってきた。

俺とフィーは二人で並んで歩いてる。

この国にある錬金術協会は世界的にも中心的なものであり、かなりでかい。カノヴァリア錬金術協会といえば、皆《みな》が知っているほどに知名度が高い。そしてそんな協会は学院から歩いて十分のところにある。両方とも国の中央にあるのだが、まぁそれは当たり前だろう。その方が何かと都合がいいしな。

「そういえば、会長は元気にしているのか？」

「あぁ叔父《おじ》さん？　うん、元気だと思うよ。今日はエルが来るから楽しみだって」

「そうか。それは俺も楽しみだ」

ノア・メディス。フィーの叔父《おじ》であり、リタの父親である人物だ。彼《かれ》は次男だったため家督《かとく》を継いでいないが、数十年前から錬金術協会の会長を務めている。俺が碧星級になる前は、彼が一番近いと言われていたほどの傑物《けつぶつ》でもある。

そして俺は何かと親交があるのだが、会長は話がわかる珍《めずら》しい人物だ。俺の農作物プロジェクトを聞いたものは誰でも眉《まゆ》をひそめる。特に貴族だとそれが顕著《けんちょ》だ。だというのに、会長は初めから俺のプロジェクトを受け入れてくれた。

曰《いわ》く、「目的はどうあれ、錬金術発展の貢献者《こうけんしゃ》を尊重しないわけにはいかない」らしい。

初めて会った時から何かとお世話になっているが、今回の研究費の件も会長が手を回してくれたのだろう。本当にありがたい。

「着いたな」

「ええ。それじゃあ、最上階に行きましょう」

俺たちはエレベーターに乗って最上階に向かった。本当ならば受付で手続きを済ませる必要があるが、俺とフィーは顔パスだ。受付のお姉さんも、にっこりと笑ってスルーだ。

チン、と音がなると最上階に到着《とうちゃく》。そして少しだけ歩くと、そこには会長の部屋がある。

コンコンとフィーがノックをする。

「叔父さん、フィーです。エルを連れてきました」

「おぉ！　入ってくれ」

「失礼します」

「……失礼します」

俺とフィーは頭を下げてから、入室する。

簡素な部屋だ。

本棚《ほんだな》と大量の書類。そして机と椅子《いす》だけ。会長はずっとここで仕事をしている。また、五十代とは思えない容姿で、眼鏡をかけておりパッと見る限りでも非常に賢そうという印象である。まぁ、会長なのだから優秀《ゆうしゅう》なのは当たり前なのだが。

俺は早速、そんなノアさんに挨拶をする。

「会長！　お久しぶりです！」

「これはエルくん。久しぶりだね。どうだい、研究の方は」

「それが実は……」

「ちょっとそれは後にして、今は大事なことがあるでしょ！」

「ははは、フィーは相変わらず真面目だね」

そう笑うと会長が書類を出す。

「これにサインをしてくれ。済まないね、研究費の件、遅《おく》れてしまって」

「いえ。農家出身の碧星級だと、貴族の間でも、協会の間でも色々とあるのでしょう。理解しています」

「そう言ってもらえると本当に助かるよ」

「はい、書き終わりました」

「……うん。大丈夫だね。では来月から、毎月研究費を出そう」

「よろしくお願いします」

ぺこりと頭を下げると、ノアさんの目つきが先ほどよりも真面目なものになる。

「それでフィーから聞いたけど、新しい論文があるって？」

「そう！　聞いてよ、叔父さん！　エルってば凄いのよ！」

フィーがかなり興奮している様子でそう言う。そして俺は、持っているカバンから分厚い紙の束を差し出す。

「これです……」

「ほう。完全独立型人工知能の進化、ね」

「はい」

「拝見させてもらおう」

ノアさんはざっと俺の論文に目を通す。と言ってもそんなに時間はかからない。研究のプロセスが膨大《ぼうだい》なだけで、最後にまとめがしてある。そこにだけ目を通せば、概略《がいりゃく》は理解できる。

「プロト、とはあの人参《にんじん》だね？」

「はい」

「直立歩行したと」

「はい。間違いありません。今日も工房《こうぼう》で元気に歩いていますよ」

「ここの……この記述だが、自立型二足歩行術式が自然発生したとあるけど……」

「今はまだ、可能性段階ですね。もう少し詳《くわ》しく調べれば、そのプロセスもこちらで操作できるかもしれません」

「つまり、後天的にホムンクルスを改造できると？」

「理論としては、可能ですね」

「うーん。興味深い。しかもホムンクルスを生み出してから、すぐにこの成果か。本当に君には驚かされる」

「恐縮《きょうしゅく》です。会長」

「しかしいつも悪いが……」

「まだ公表できない。そうですよね？」

「あぁ。最近は神秘派の連中の動きが活発でね。フィーから聞いているだろう？」

「はい」

フィーから聞いたことを俺は軽く話すと、会長はさらに情報を加える。

「フィー。お前はあの後すぐに帰っただろう？」

「うん、そうだけど……また何か？」

「どうやら神秘派の連中。本格的にエルくんを、教祖にしようとしているらしい」

「「えええええぇぇ……」」

俺とフィーの声が重なる。

実はこの手の勧誘《かんゆう》、これが初めてではない。始まりは俺がカノヴァリア錬金術学院に入学してから半年が経過した頃《ころ》だろうか。当時の俺はまぁ……今とあまり変わりはないが、研究に打ち込んでいた。どうすれば農作物と錬金術を繋げることができるのか。もともと、錬金術が農作物に対するいいアプローチだということは分かっていた。コードを改良すれば、例えば寒冷地に強い農作物や逆に熱帯に強い農作物も作ることが可能になる。その仮説はすでに入学する前から俺は理解していたので、あとはそれを形にするだけだった。だからこそ、毎日学院で研究に励《はげ》んでいたのだが……ある日を境に神秘派と理論派から勧誘が激しくなったのだ。

「失礼ですが、エルウィード・ウィリス様ですか?」

「そうだが……あなたは?」

「私は理論派のものでして。是非《ぜひ》とも今後の集会にあなたをお誘《さそ》いしたくて」

「いや結構だ。俺は自分の研究がしたいので。失礼します」

「あぁ!! 待ってください!! あなたの論文、読ませていただきました! 元素理論、素晴《すば》らしい理論で私としては感銘《かんめい》を受けたというか……あれほどの論文、きっと他の研究者では生涯辿《しょうがいたど》りつくことはできないでしょう。だというのに、まだ十代にしてあれを書き上げるだけの力量を備えている!!　まさにあなたは、錬金術界の大天才！　至高のお方なのです！」

それからそいつを追い返すのには苦労したが、まだ理論派は話が通じる方なのでいいのだが……一番厄介《やっかい》なのは神秘派だった。

文字通り、こいつらは錬金術を神聖なものと捉《とら》えている。別に個人が錬金術をどのように思おうが、いいのだが。実際に俺は農作物を改良するのにいい手段と思っているしな。だが神秘派は錬金術こそ至高であり、それこそ神が与《あた》えてくれたこの世の奇跡《きせき》とかなんとか。つまりは理論派に比べて宗教色が強いのだ。いや、強いなんてものではない。それはまさに、錬金術を神とした宗教だった。だからこそ、こいつらのアプローチは尋常《じんじょう》ではなく……。

「エルウィード・ウィリス様ですか」

「そうだが……派閥《はばつ》には興味はない」

数日前に理論派の勧誘を受けていたので、今度は神秘派だろうかと思って粗雑《そざつ》に扱《あつか》う。だが今回の相手はなかなかに手強《てごわ》いものだった。

「あなたは神を信じますか？」

「いや、あいにく無神論者でな。しかし否定する気は無い。信じる者は信じるし、信じない者は信じない。それでいいと思うが」

「やはり……神に愛された者は、その自覚がないのですね」

「は？」

相手の目つきは明らかに異常だった。というよりも、次の瞬間にはその場に跪《ひざまず》いて俺《おれ》に向かって祈《いの》りを捧《ささ》げ始めたのだ。

「あぁ。神よ、ありがとうございます。このような神に愛されたお方をこの世に生み出してくれて……感謝しかありません。エルウィード・ウィリス様は我々の象徴《しょうちょう》となってくれるでしょう」

流石《さすが》にやめてくれと言おうとすると、どこからともなく現れた新しい神秘派の人間が俺を取り囲むようにしてその場にしゃがみこんで、祈りを捧げる。

「あぁ……神はここにいるのだ……」

「ありがたや、ありがたや」

「エル様。生まれてきてくれて、ありがとう」

流石にこれは異常事態だと思った俺は、脱兎《だつと》のごとく逃げ出《だ》した。

「あぁ！　お待ちください神よ!!」

「神！　どこに行くのですか!!」

やばい、やばい、やばい!!

あいつらは正気じゃない。まじでやばい!!

数日前に辟易《へきえき》した理論派の比ではない。こいつらは話が通じないのだ。

いやまじで……。

◇

翌日。俺は早速《さっそく》フィーに相談していた。

「フィー!!　いるか!?」

「エル？　どうしたの？」

「実は……」

そして俺はここ数日で味わった恐《おそ》ろしさをフィーに伝えた。

「あぁ……そういえば、神秘派の今の教祖が確か結構な年齢《ねんれい》で……それで後継者《こうけいしゃ》を探しているとか」

「まさかその後釜《あとがま》に俺を？」

「そうでしょうね……しかし、アプローチが早いわね。よほど切羽詰《せっぱつ》まっているのかしら」

「まじか……しかし俺は教祖になる気などないぞ。全《すべ》ては農作物のために錬金術を学んでいるんだ。そんな派閥をまとめる暇などない」

「まぁエルのそれもそこまでいくと、ある種近いものがあるけど……。そうね。一ついい案があるわ」

人差し指をピッと立てると、フィーは得意げに語り始める。

「神秘派にはエルが理論派のトップになると、理論派にはエルが神秘派の教祖になると噂を流すの」

「流すとどうなる?」

「喧嘩《けんか》になるわ」

「あぁ……そうなのか」

「理論派と神秘派の対立は根深いものでね。実際に血を流すまではいかないけど、結構なものなのよ。貴族の家でも色々とあってね。それで、錬金術師界隈《かいわい》で一番有名なエルがそうなったと互《たが》いに知れば……まぁ、エルから目は逸《そ》れるかもね」

「でも俺の方に流れ込んだりしてこないか?」

「そこはまぁ……賭《か》けになるけど、互いに嘘なわけだから、おそらく焦点《しょうてん》は互いの敵対に目がいくはずよ」

「そうか。フィーのことは信頼《しんらい》している。よろしく頼《たの》む」

と、頭を下げるとフィーは少しだけキョトンとした表情をする。

「エルが素直《すなお》に頭を下げるなんて……よっぽど怖《こわ》かったのね。任せておきなさい!!　あなたの師匠である私が弟子《でし》をも守ってあげるわ!!」

「おぉ!!　それは頼《たよ》りになる!!」

そしてフィーの策略通り、神秘派と理論派の対立がさらに深くなったのだが、俺への勧誘はめっきりなくなった。フィーに聞くと、今は互いの派閥での対立が激しくなりそんな余裕《よゆう》はなくなったのだとか……。

そしてしばらくは平和な日々を過ごしていたのだが……とうとうやってきてしまったか、と俺はものすごく残念な気持ちになっていた。

俺はただ、農作物のために研究をしたいというのに……。

プロトたちの世話もあるし、それにあの完全独立型人工知能をどの分野にさらに生かすのか、新しい農作物をどうやって作ろうか、などなどやるべきことは山のようにあるのに……どうやらその二つの派閥は俺を放っておいてはくれないようだった。

そして話は巡《めぐ》り巡って、今に至るというわけだ。

「昨年、神秘派筆頭の人間が亡《な》くなっただろう？　そして今は第二王子が纏《まと》めている」

「確かオスカー・カノヴァリアですよね？　本日、アリス王女も同様のことを言っていました」

「うむ。どうやらオスカー王子はかなりやる気みたいだ。君を教祖にするためになら、何でもすると息巻いているらしいよ」

「はぁ……しかし、私は神秘派でも理論派でもありません。農家の人間なので」

「奴《やつ》らがそこまで聞き分けがいいと、良いのだけど……おそらく近日中にエルくんにはアプローチがかかるだろう。気をつけてほしい」

「そうですね」

俺は何気なく頷《うなず》いていると、隣《となり》のフィーがちょっとだけ顔を青くしている。

「その、叔父さん……何でもするって口外しているのですか？」

「いや、噂《うわさ》程度だ。だが火の無い所に煙《けむり》は立たない、だろ？」

「……なるほど。エル、あなた農作物がめちゃくちゃにされたらどうする？」

「は？　そりゃあ怒るが」

「……ホムンクルスたちが誘拐《ゆうかい》、または破壊《はかい》されたら？」

「……は？」

思考が停止する。プロトや一号たちが破壊される？　つまり、死ぬってことか？　俺が育ててきた、大切な子どもが？　許せん……そうなったら俺は自分を見失うかもしれない。

「……間違いなくキレるが。腕の一本は飛ばすかもしれん」

「ですよねー。ほら、叔父さん、やばいって！　エルを本気にしたら、本当に神秘派の連中は血祭りになるよ！　早く対策を！」

「……フィーに任せよう」

「えええええぇぇぇ！　私にエルが止められるとでも!?　無理だよ！　エルってば、実戦でも超強《ちょうつよ》いのに！」

「しかし、現状としてエルくんに次ぐ錬金術師《れんきんじゅつし》は君しかいない。私も、もう衰《おとろ》えたからね。まぁしっかりと防犯対策などはすることだね」

「はぁ……まぁ、うちのマンションは厳重だから大丈夫《だいじょうぶ》だと思うけど……」

それから色々と雑談をして、俺はフィーと一緒《いっしょ》に自宅に戻《もど》った。帰り道、俺たちは二人でスーパーに立ち寄った。今日はフィーの部屋で一緒にご飯を食べようということになっているからだ。今日は珍しく鍋《なべ》だ。冬が終わって久しいが、二人で食べるということなので季節外れの鍋にすることにした。

そして、フィーの部屋に行ってから二人で鍋を作って、食べ始める。すると、フィーが口にしたのは意外なことだった。

「今日の新聞見た、エル？」

「いや、基本ニュースの類は知らないな」

「何でも、第三迷宮《めいきゅう》が攻略《こうりゃく》されたって」

「へぇ～、迷宮攻略者が出たのか」

「うん。すごいよね」

「迷宮は本当に意味のわからない代物《しろもの》らしいからな」

フィーが言っている第三迷宮とは、世界七迷宮の一つである。膨大に広がる地下施設《しせつ》。そこには大量の魔物《まもの》がうろついており、なぜか迷宮から出ることはない。そしてその迷宮はロストテクノロジーだと言われている。

遥《はる》か昔から存在しているも、当時の技術体系では実現できないとされている代物で、迷宮の作成方法は謎《なぞ》であり、過去に失われているとされている。それがロストテクノロジー。一説には錬金術の一種であると言われているが、それも謎である。だがしかし、第三迷宮攻略ということは最下層にまでたどり着いたということだ。

「それで、迷宮の最下層には何かあったのか？」

「さぁ……そこまでは。でもきっと何かあったと思うよ。ま、それを公表するとは思えないけどね」

「なるほどなぁ。で、攻略したのは？」

「レイフ・アラン。超有名《ちょうゆうめい》な冒険者《ぼうけんしゃ》よ」

「あぁ……それなら頷けるな」

レイフ・アラン。それは冒険者の中でも一番有名な男だ。この世界には冒険者という人間がいるが、それは自称《じしょう》であり、どこかの組織に属しているわけではない。錬金術師のように協会に登録されているわけでもなく、単純にいうならばただの趣味《しゅみ》みたいなものだ。生計を立てるのはかなり難しく、冒険者になる者はまずいない。おそらく、錬金術師の半分もいないと思う。たまに錬金術師の中にも冒険者のようなことをする者もいるが、基本的には錬金術で生計を立てる。それほどまでも冒険者とは過酷《かこく》で、見返りもなく、安定のしないものなのだ。

その中でも冒険者一筋で、世界の迷宮を攻略しようとする者がいた。それがレイフ・アラン。世間の情報に鈍《にぶ》い俺でも知っている名前だ。

きっと迷宮攻略の偉業《いぎょう》で一攫千金《いっかくせんきん》を果たしたに違《ちが》いない。

「しかし、迷宮には興味があるな」

「え、何で？　もしかして冒険者にでも興味あるの？」

「もしかすると、錬金術に関した何かが見つかるかもしれない」

「エルってば、もしかして錬金術の偉大さをとうとう理解したの⁉」

「いや純粋《じゅんすい》に錬金術が発展すれば、農作物もまた飛躍的《ひやくてき》な発展を遂《と》げる。そう言う意味で興味がある。正直なところ、引きこもって研究したい気持ちもあるが、農作物のためなら俺は迷宮探索《めいきゅうたんさく》もやる覚悟《かくご》はある」

「うん……やっぱり、エルはそうよね。知ってた……」

俺はそのまま鍋料理をぺろっとたいらげると、自室へと戻っていくのだった。

◇

どうもリーゼです。お兄ちゃんの妹です。私のお兄ちゃんはとってもすごい人で、史上最年少で碧星級の錬金術師になった天才です。でも、それは些細《ささい》な問題。そう、私とお兄ちゃんには目標があるのです。

それは、史上最高の農作物を作って世界中に売ると言うことです。これが私とお兄ちゃんの目標ですが……なんと、最近お兄ちゃんが出て行ってしまいました……。悲しいです。辛《つら》いです……。

ずっと一緒に暮らしていて、一緒にお風呂《ふろ》にはいって、一緒に寝《ね》ていたのに、急な生活の変化に未《いま》だに慣れません。

両親と姉からは、兄離《ばな》れをしろと言われますが無理です。それほどまでに私はお兄ちゃん子なのです。

そして今日は、お兄ちゃんの家に遊びに来ています。予定としては、部屋でまったりとした後に買い物デート。それから工房で研究をする予定です。最近忙《いそが》しいらしく、あまり会えていなかったので本当に今日は楽しみです。

「お兄ちゃーん！　リーゼだよー！　来たよー！」

インターホンを鳴らすと、にっこりと笑いながらお兄ちゃんが出て来ます。

「おぉ！　リーゼ！　今日もかわいいなぁ」

「それで今日はどうするの、お兄ちゃん？」

「とりあえず、街にでも出るか？」

「うん！　お兄ちゃんとデートなんて久しぶりだなぁ」

「よし！　では参るか、妹よ！」

「おー！」

そうして二人仲良く手を繋いで街に繰《く》り出します。

中央街。ここはこの王国の中央なのでかなり人が多いです。だからこそぎゅっと手を繋いでいます。この手は離しません。

そして私たちがやって来たのは八百屋。そう、これは調査も兼《か》ねているデートなのです。

私は果物を、お兄ちゃんは野菜をじっと見ます。

「「……」」

そしてスッと目を離すと、ニヤッと二人で視線を交《か》わしてそのまま去って行きます。この行動に何の意味があるのか……それは、見ただけでその農作物の質がわかるか？　と言う訓練です。農家たるもの、質を判断する目も必要です。ただ農作業をすればいいもんじゃあ、ないです。私たちが目指しているのは、もっと高いところなのですから！

「さてリーゼ。何か食べたいものとか、あるか？」

「うーん。今日はパフェ食べたい!!」

「そうか、ならいくか！　任せておけ、今日も全て俺のおごりだ」

「ヒュー、流石《さすが》お兄ちゃん！　持ってますねぇ。へへへ、流石は旦那《だんな》だぜ！」

「はは、褒《ほ》めても何も出ないぞ？」

そうして手近なカフェに入ると、私はジャンボパフェを頼みます。農作物は大好きだけど、家でいつも食べているので偶《たま》には俗《ぞく》っぽいものも食べたくなります。

まさにデザートは別腹！　なのです。

「美味《うま》いか、リーゼ？」

「うん！　美味しいよ！　一口あげる、はいあーん」

「あーん。うん、美味いな！」

「だよねぇ～」

カフェで軽く食事をした後は、買い物です。今日は臨時収入があったとかで、何でも買ってくれるらしいです。流石は太っ腹なお兄ちゃん。でも、臨時収入とかなくてもいつも好きなものを買ってくれるので、本当にお兄ちゃんは妹想《おも》いのいい兄です。

「何か欲《ほ》しいものはあるか？」

「えーっとね～、とりあえず服を見に行こう！」

「了解した」

そうして私たちは洋服屋さんに向かいます。いつもの安いところに向かおうとするとお兄ちゃんが、「今日はもう少し、高いところに行こう」と言うのでついて行きます。

「さて、何が欲しい？」

「えぇぇぇ。お兄ちゃん、これって桁《けた》が一つ違うよぉおおお」

「いいから、いいから」

「その……お兄ちゃんにコーディネートして欲しいなぁ？　なんて？」

「何？　いいのか？　俺の自由にしても？」

「それがいい！　そうして！」

「任せろ。お前を世界一可愛《かわい》い妹にしてみせる」

そうして私はお兄ちゃんの着《き》せ替《か》え人形になることに決めました。

「これはどうだ？　いや、まだいける。これは？　いや、まだ弱い。リーゼのポテンシャルはもっと高いはずだ。これは？　よし、トップスはこれで決まりだな。いや待てよ……？　慌《あわ》てるような時間じゃない。よし、これか？」

「……ははは」

そしてそれから一時間……やっと決まりました。

「よし！　完璧《かんぺき》だ！」

「これが……私？」

結局のところ、私の服装はシンプルなものに落ち着きました。真っ白なワンピースに麦わら帽子《ぼうし》。私もとても可愛いと思うので、嬉《うれ》しいです！

「よし。値札も切ったし、今日はそれを着て帰ろうか」

「……うん！　ありがとうお兄ちゃん‼」

思いがけないプレゼントをもらった私はそのまま意気揚々《いきようよう》と、歩いて行きます。

これからもずっと一緒にいれたらいいなと思いながら、私はぴったりと寄《よ》り添《そ》って歩くのでした。

◇

リーゼに服を買った。ワンピースと麦わら帽子だが、かなり高い買い物だった。しかし、最近は教科書の印税とか、何やらで金が結構入っているのでそこまで痛くない。それにずっとリーゼに会えていなかったのだ。これくらいの出費は当然。むしろ、まだ足りないぐらいだが、あまり高い買い物をするとリーゼが困ってしまうので今日はこれぐらいに。

そしてとうとう、本題だ。俺はリーゼにプロトのことを一切《いっさい》話していない。つまり、リーゼは未だにプロトがハイハイすると思っている。実は最近、プロトは軽く走ることもできる。まだ持続時間は長くないが、それでもかなりの成長だ。

「リーゼ。今から工房に行くが、きっと驚《おどろ》くぞ……」

「へぇ……何か進展でもあったの？」

「あぁ。きっとリーゼなら喜んでくれると思う」

俺はリーゼを地下の工房へと案内する。すると、トコトコと歩いていたプロトがこっちを見ると右手をスッとあげて挨拶《あいさつ》をしてきた。

「え！　あれってプロトだよねぇ⁉　どうしちゃったの⁉」

「実は……プロトは立てるようになったんだ。歩けるし、ちょっとなら走れる」

「えええええ⁉　すごいよ、だって自立型二足歩行術式は後からだと組み込めないって……」

「自然発生したんだ。つまり、俺の完全独立型人工知能は進化するんだ」

「えええええ⁉　やっばいよ、これは！　また夢に近づいたんだね！　お兄ちゃん！」

「……あぁ!!」

リーゼは驚愕《きょうがく》を示すと共に、俺の成果を喜んでくれた。実はリーゼは俺が直々に錬金術《れんきんじゅつ》を教えていて、正直なところ理論と実践《じっせん》の面でフィーに迫《せま》っている。そこらへんの白金級の錬金術師よりも、よっぽど錬金術に対する造詣《ぞうけい》が深い。俺の理論も完璧ではないが、およそ理解もしているしな。

それと、今は協会所属の錬金術師ではなく、ただの農家の娘《むすめ》なので有名ではないが、おそらく俺と同等かそれ以上の錬金術師になると踏《ふ》んでいる。

「へぇ～、すごいね。本当に歩いてる」

「そうだろ？　最近はちょっとだけ走ることもできるし、すごい進歩だ」

「やっぱお兄ちゃんはすごいね！」

「……ありがとうリーゼ。お前にそう言って貰《もら》えると、本当に嬉しいよ」

「えへへ。お兄ちゃんを理解しているのは私だけだからね！」

俺はよしよしとリーゼの頭を撫《な》でる。思えば、遠いところまで来たものだ。幼少期に世界最高の農作物を作ると決めて、錬金術を学び、ここまで来た。初めはバカにされることも多かった。両親にも、姉にも、やめろと言われ続けた。でもリーゼだけはずっと味方してくれていた。幼いリーゼはよくわかっていない頃だとしても、ずっと俺を応援《おうえん》してくれていた。そして、気がつけば共同研究もするようになって今は俺が野菜、リーゼが果物を担当するようになった。リーゼも先日、『林檎《りんご》みたいだけど、実はぶどう』を完成させている。俺たちはずっとバカにされて来た。できるわけがない、無理だと。それでも、実現して来た。だからこそ、俺たちはこれからも高め合える。

本当に最高の妹を持ったものだ。

と、そんなことを考えているとリーゼのやつが思い出したように話し始める。

「あ！　そういえば、昨日学校で変な話を聞いたんだった」

「変な話？」

「うん。なんかね、お兄ちゃんが錬金術の神だって話」

「またそれか……」

「それでね、私は思ったの。お兄ちゃんは錬金術じゃなくて、農作物の神だって。でもみんなにあんまりお兄ちゃんの話はしたくないから、黙《だま》っておいたよ」

「それは賢明《けんめい》だな。それにしても、学校にもその噂《うわさ》が広まっているのか……」

「うん。まだ小さな噂程度だけど、貴族の子が確かそう言ってたかなぁ」

「なるほど。リーゼは何もされていないよな？」

「私には別に何もないよ？　でもお兄ちゃんは大丈夫なの？　確か神秘派？　だっけ……それがお兄ちゃんの邪魔《じゃま》をしているんでしょ？」

「まだ実害は出ていないが、フィーにも会長にも気をつけろと言われたばかりだからな。これは相当に警戒《けいかい》をすべきだな」

「こんなところで計画を邪魔されたくないよねぇ……」

「あぁ。もちろんだ」

それにしても、学校……というか貴族の間にはかなりその噂が広まっているようだな。

確か、俺が碧星級になった時は神秘派の一味にかなり嫌味《いやみ》を言われたが、今は手のひらを返して……神か。全く、奴らの脳みそはファンタジーなのか？

普通《ふつう》に考えれば俺が神なわけないだろう。

まだまだ錬金術には謎が多いし、発展途上《とじょう》。いくら俺がその発展に貢献《こうけん》しているからと言って、神は言い過ぎだ。はぁ……これはどうにも面倒《めんどう》なことになりそうだぁ……と思っていると、地下室に誰《だれ》か入ってくる。と言っても、おそらくフィーだろう。

「あら？　今日はリーゼちゃんも一緒？」

「あぁ」

「デートしてました！　えへん！」

「あら！　可愛い服ね。買ってもらったの？」

「うん！」

「あらあら、まぁまぁ。本当にリーゼちゃんは可愛いわね。飴《あめ》ちゃんあげるわ」

「わーい！　ありがとう！」

フィーはいつもリーゼを可愛がってくれている。だがしかし、あの飴はいつもどこから出てくるんだ？　非常に謎である……。

「あ、それでこれ……招待状。エルに」

「招待状？　誰からだ、フィー」

「見ればわかるわ」

手紙の封筒《ふうとう》の裏を見る。やけに綺麗《きれい》なものだと思ったが、そこには王家の紋章《もんしょう》があった。

「これって……」

「そう。オスカー第二王子からの招待よ。プライベートなものだから行かなくてもいいけど……王族の招待を断るのはね……」

「ふむ……」

以前の俺なら一蹴《いっしゅう》していた。だが、この国で錬金術師として生きるのならば付き合いは大事だと学んだ。それにフィーの顔を潰《つぶ》したくもない。

「わかった。行くよ」

「ありがと、助かるわ。それと、私も行くから大丈夫と思うけど、神秘派には本当に要注意よ」

「あぁ。わかった」

こうして俺は本格的に神秘派の連中と関《かか》わることになる。

「エル！　エルってば！　準備できてるの!?」

ドアがドンドンとなる。うるさい。非常にうるさい。昨日は遅《おそ》くまでプロトの研究をしていたのだ。休日くらいゆっくりさせてほしい。

「入るよ！　入るからねッ！」

そんな声がするとガチャ、とドアが開く。フィーと俺は最近、互いの合鍵《あいかぎ》を交換《こうかん》した。一応、互いに何かあった時にすぐに駆《か》けつけられるようにするためだ。だが、安眠《あんみん》を妨害《ぼうがい》させるために渡《わた》したのではない。

俺は断りも無しに入ってきたフィーに苦言を呈《てい》する。

「……おい。まだ六時だろ？　今日は昼まで寝るんだ……寝かせてくれ……」

「やっぱり!!　早くきて良かった!!　今日はオスカー王子に呼ばれたパーティーがあるでしょ！　もうエルってば、私がいないと本当にダメなんだからぁ……はぁ……」

「ん？　あぁ……そういえば、そうだったな」

のそりとベッドから出る。ぼーっとしているので、俺は着ているものをポイポイと脱《ぬ》ぐとそのまま浴室へ向かう。

「ぎゃー！　服はちゃんとお風呂の前で脱ぎなさい！　それと、ご飯作っておくからね!?　勝手に使うよ、材料！」

「……うーい」

寝ぼけているので、どうにでもしてくれ。そんなことを考えながら、俺はざっとシャワーを浴びるとフィーが作った朝食を食べる。玉子焼きに、味噌汁《みそしる》、それにサラダと焼き鮭《ざけ》。もぐもぐと食べているとふと思う、なんでこんなにも優良物件のフィーが売れ残るのだろうかと。

「……なぁ、フィー。なんでここまで出来てお前は結婚《けっこん》できていないんだ？　家事全般《ぜんぱん》はできるし、容姿端麗《ようしたんれい》。家柄《いえがら》も、能力もいい。疑問だな……」

「うううぅぅぅ……人が作った朝ご飯を食べながらそんなこと言わないでよぉ……」

俺とフィーは向かい合って朝食をとると、入学式の時に着ていたスーツに着替《きが》える。まぁ、この格好なら別にいいだろう。フィーのやつもスーツだし。

「いいこと、エル。神秘派の戯言《たわごと》はテキトーに流しなさい。間違《まちが》っても、噛《か》みついたらダメよ？」

「いつも通りの擬態《ぎたい》だろ？」

「そうそう。天才モードでよろしく！」

「了解《りょうかい》した」

そうして俺とフィーは、パーティー会場である王城へと向かった。この王国の王城は北にある貴族街のさらに奥《おく》に存在している。俺は、碧星級の授与式《じゅよしき》の時に一度だけ行ったきりだ。だからいまいち覚えていない。あの時も授与式が終わったらさっさと帰ってしまったからな。

「なぁフィー。王子ってどんな人なんだ？」

「オスカー第二王子？　えっとね、誠実な人よ。狂信的《きょうしんてき》な神秘派だとは思えないわね。私も何かの勘違《かんちが》いだと信じたいわ」

「でもなぁ……このタイミングで直々の招待。それに噂の件もあるし、神秘派筆頭なのは揺《ゆ》るがないだろう。相手も知られて困る件でもないみたいだしな」

「まぁ神秘派は結構主張激しいからね。私も何度か勧誘を受けたけど、本当に派閥争いはだるいわ……貴族だと、神秘派と理論派のどっちに所属しているかも重要だしね……はぁ、だるぅ……」

「フィーはずっとそんな中に居たんだな。俺のことでも迷惑《めいわく》をかけたようだ。また今度、礼でもさせてくれ」

「ちょ、ちょっと何よ……最近は妙《みょう》に物分かりがいいじゃない。学生の時はそんな気遣《きづか》いなんて出来なかったのに」

「俺も成長しているということだ。何も世界最高の農作物を作るだけじゃダメだ。売る相手は人だ。そして、売るには人脈も必要だ。こういう付き合いも、いざという時には役立つかもしれない。神秘派と言って邪険《じゃけん》にするのも勿体《もったいな》無いからな」

「エル……うぅぅぅぅ。成長したのねぇ……私は嬉しいわぁ……」

「ほら泣くな。そろそろ着くぞ」

雑談を交えながら、俺たちは王城にたどり着く。相変わらず、でかい城だ。上を見上げないと全体像が見ないほどだ。そして俺たちがついた時にはメイドたちがやってきた。

「エルウィード・ウィリス様に、アルスフィーラ・メディス様ですね、こちらへ。すでに開場しておりますので」

俺たちがついていくと、そこは庭だった。と言ってもセレーナの家の庭とはまた違う格段に格調高い庭だった。そばにある木々は綺麗に切《き》り揃《そろ》えられており、芝《しば》もまた最近刈《か》ったばかりのようである。さらにそこにある机と椅子《いす》は白を基調としており、王族の紋章が入っている。

「なぁフィー。思ったけど、これはなんの名目のパーティーなんだ？」

「えっと……一応、貴族の定期的な集まりみたいなものね。たまに王族の方が開いてくれたりするの」

「へぇ……」

そうして俺たちが庭へ入ると、大勢いる人間の視線が一気にこちらを向く。

「おぉ……あれが」

「碧星級の錬金術師、エルウィード・ウィリスですか」

「ほほぉ……流石の貫禄《かんろく》。超一流《ちょういちりゅう》の錬金術師は格が違いますな」

この視線には慣れている。いつもはテキトーに無視をしていたが、いざ向き合うとツラい……こんなにも注目される存在でもないのに……だが、やはり碧星級は貴族たちにとって特別なのだろう。農家の俺にはピンとこないが……。

ちょっと周りが怖いので、俺はフィーにぴったりとくっ付いている。

「……フィー、助けてくれ……怖い、この視線は怖いぞ……」

「耐《た》えなさい。本格的に始まったら私も離《はな》れないといけないのよ？　そろそろ独り立ちしなさい」

「くそ……俺はまだ十六歳《さい》だぞッ！」

「そうも言ってられないのよ。あなたは碧星級。みんなは子どもと思っていないわ」

「あぁ……そうだよな。うん、そうだよなぁ……」

悲しい。

俺も少しは変わってみようと思ったが、これはツラい。

今までは完全に無視していたが、いざ向き合ってみると皆《みな》が好奇《こうき》の視線を向けてくる。

授業の時にも多くの人間に見られているが、これはまた違う。

俺を確保しようという狩人の目だ。

おそらく、今回のパーティーでは神秘派ばかりが集められているのだろう。俺はそれをひしひしと実感していると、やって来たのはオスカー第二王子だ。どうやら初めに軽く挨拶をするらしい。

「みなさん、お集まりいただきありがとうございます。これだけ多くの人が集まってくれるとは、本当に感激です。さぁ、では私の挨拶はここまでにして……本日の主役に登場してもらいましょう。碧星級の錬金術師、エルウィード・ウィリス氏です」

周囲からあふれんばかりの拍手《はくしゅ》をされ、オスカー王子のもとに開くようにして道ができる。あぁ……どうしてこんなことに……こんなの聞いてないぞ……。

と、恨《うら》み言《ごと》を心の中で吐《は》きながら俺はオスカー王子のもとへ向かう。そして一言だけ話すことにした。周りの空気がそうしろって言ってるしなぁ……。

「あー。どうも、ご紹介《しょうかい》に与《あずか》りましたエルウィード・ウィリスと申します。今回はこのような会に呼んでいただき、本当に感謝しております……」

それっぽい言葉をテキトーに言うと、早速パーティーが始まった。俺《おれ》の頼りのフィーも何処《どこ》かに行ってしまい、オロオロとしていると若い女性が数人ほど押《お》しかけてくる。

「エル様！」

「きゃー！　生エル様よ！」

「エル様、今日はお越《こ》しいただきありがとうございます！」

「はぁ……エル様、尊い」

「かっこいい。はぁ……はぁ……」

「……ははは、どうも」

会話をしてみると、全員が貴族の家の娘らしい。

俺は軽く会話をして、話を切り上げると、ちょっと休みたいと思いそそくさと逃《に》げるようにするが、ガシッと肩《かた》を掴《つか》まれる。

「先生、来たんですね」

「あ、アリス王女。これはどうも……」

ぺこりと挨拶をする。一応、周りの目があるので敬語で対応をする。そしてアリスは俺の耳元でこそこそと話し始める。

「……先生、なんで来たんですか」

「……いや、フィーのやつの顔を潰すわけにも……王族の誘《さそ》いだしな……それで、やはりこれは……」

「……ええ。ここにはほぼ神秘派しかいません。今日はさながら、教祖のお披露目会《ひろめ》ですね」

「……そうだよなぁ」

そう話していると、誰かが悠然《ゆうぜん》と近寄って来る。これは……。

「やぁ、アリス。僕《ぼく》も話に交ぜてくれないかな?」

「オスカーお兄様」

にこりと微笑《ほほえ》みながらやって来たのは、オスカー第二王子。短髪《たんぱつ》で色素の薄《うす》い青い髪《かみ》で丸いメガネをかけている。

その所作からはさらに気品のある振《ふ》る舞《ま》いが感じ取れる。

また服装はこの王国の象徴《しょうちょう》でもある青色をベースとして、装飾《そうしょく》が豪華《ごうか》になっている上着に、下はそれに合わせて灰色のパンツスタイルになっている。

一見しただけでも、それは一般人《いっぱんじん》の装いではないと分かる。

「初めまして、エルウィード・ウィリス殿《どの》。私はオスカー・カノヴァリア。この国の第二王子です」

「これはご丁寧《ていねい》にどうも。エルウィード・ウィリスです」

ガシッと握手《あくしゅ》を交わす。体格は俺よりも小さいが、やはり優雅《ゆうが》で荘厳《そうごん》な雰囲気《ふんいき》を感じる。

これはやはり、王族特有のものである。

「そういえば、アリス。お父様が呼んでいたよ、あの件といえば分かると言っていたけど」

「げ！　あ……おほほほほ。そうですか、なら私はこれで……」

最後の頼みであるアリスが行ってしまった。いつもは絡《から》まれてウザいのだが、今日はずっとそばにいて欲しかったのに……。

そう思っていると、オスカー王子が満面の笑《え》みで話しかけて来る。

「先ほどはすいません、急に。打ち合わせもしていないと言うのに」

「いえいえ。挨拶は慣れていますので……」

「流石《さすが》は碧星級の錬金術師ですね」

「いえまだまだ未熟者です」

「ほう、まだ貴方《あなた》には先があると。これほどの結果を出しているのに、慢心《まんしん》せずにいる。流石はウィリス殿、傑物《けつぶつ》と聞いていましたが噂以上のお人ですね」

にこりと微笑むオスカー王子は何の悪意もない、ただの青年のように見える。だがきっと、心のうちでは何かを企《たくら》んでいるに違いない。

それは今まで神秘派たちと出会ってきたからこそ、養われた直感……とでもいえばいいのだろうか。

「それでは、私はこれで……」

俺が去ろうとすると、オスカー王子は聞《き》き逃《のが》せないワードを口にする。

「……プロト、でしたか？　最近成果が出たようで、私も自分のことのように嬉しいものです」

「……どこで……そのことを」

「ふふふ……どこでしょうね？」

先ほどのように微笑む王子。だが、その目は完全に笑ってはいなかった。

「……なぜ貴方がそのことを知っているのですか、オスカー王子」

「ふふ。さぁ、なぜだろうね……」

俺はオスカー王子と向き合っていた。

いや、睨《にら》み合《あ》っていたと言ってもいい。

プロトのことを知っているのは本当にごく少数。

そしてそれは俺が信頼《しんらい》できると信じている者だけ。

誰かが漏《も》らしていたと言うのも考え難《にく》い。

そう思考を巡《めぐ》らせていると、彼《かれ》は俺にある提案をして来た。

「単刀直入に言おう、どうせ知っているだろうしね。君には、神秘派の象徴になってもらいたい」

「……象徴ですか？」

「そうだよ。この王国を取り仕切るのは神秘派だ。錬金術は確かに理論的な面もある。君が発見した元素理論のようにね。でもそれはやはり、人間が勝手に当てはめたものでしかない。君だって、まだ錬金術の真理に到達《とうたつ》したと思っていないだろう？」

「それは……そうですが……」

言葉に詰《つ》まる。確かに錬金術は理論的なものだ。俺は理屈《りくつ》、理論を突《つ》き詰めて錬金術というものを追究してきた。だがしかし、オスカー王子の言う通り錬金術はまだまだ未知数である。それこそ、神の領域と俺は表現したこともある。

神。

それは証明できない存在。

いると言う証拠《しょうこ》もないし、いないと言う証拠もない。

つまりは悪魔《あくま》の証明。

だが、俺の存在は錬金術の神に最も近いらしい。

碧星級とはそういう存在なのだ。

彼らにとっては。

「この世界は神によって創造されて、その神が奇跡《きせき》の業《わざ》である錬金術を生み出した。そし

てこの世界で最も錬金術の真理に近いのは君だよ、エルウィード・ウィリスくん。さぁ、一緒《いっしょ》に行こう。君なら分かってくれるはずだ。アリスとの婚約《こんやく》も与《あた》えよう。王族になって、そして一緒にこの国をより良くしていかないかい？　もちろんあらゆる特権を君には与えよう。富、名誉《めいよ》、その全《すべ》てを手にすることができるんだ。悪い話じゃないだろう？」

「……いえ、私は富も名誉も必要ありません」

「では何を欲《ほっ》するんだい？　望みがあればなんでも揃えよう。富、名誉だけでなく、そうだね……君が望むのなら女性だって用意できる。さぁ、言ってみるといい」

「私には農作物への愛があれば十分です」

「農作物への愛……？」

「はい。私が農家なのはご存知《ぞんじ》でしょう？」

「それは……知っているが。なんの関係がある……？」

明らかにうろたえている様子だった。

神秘派の奴《やつ》らは俺が錬金術の真理探究を目的としていると思い込んでいる。

それはまぁ……理論派もそれほど違いはないのだが。

しかし世間では俺は史上最年少の碧星級の錬金術師《れんきんじゅつし》であり、錬金術の真髄《しんずい》を見るために日夜活動しているのだと思っているのがほとんどだとフィーに聞いた。

実際のところ、俺が本気で農作物の研究をしていると知っているのは仲のいい人間だけだ。

噂《うわさ》程度には流れているが、俺に関する噂は絶えない。

農作物に関してもその程度の認識《にんしき》だったのだろうが……。

俺は毅然《きぜん》とした態度で、オスカー王子に自分の意志を示す。

「私の研究は全て農作物のためです」

「……は？」

ポカーンとした表情になるオスカー王子。

しかしこれには慣れている。

大体の人間はこのような反応を示すからだ。

「私がなぜ、錬金術を研究しているのか。それは農作物の改良に良いアプローチになるからです。また、碧星級になることになった研究、完全独立型人工知能の研究も全ては農作物のためです」

「ば……バカな⁉　その天才的な才能が全て、農作物のためだと⁉」

「そうです」

「そんな……下民がする農業のために、錬金術を研究しているだと……バカな……そんな農作物ごときに……」

「……」

はっきり言ってわりとキレそうだった。

俺は今まで農家出身とか、他にも色々とバカにされてきた。

でもそんな有象無象《うぞうむぞう》の声など気にしない。俺にはこの農作物への愛があるのだから。

だからこそ、どんな辛辣《しんらつ》な言葉にも耐えることはできる。というよりも、そもそもそんなことは気にも留めていない。しかし何事にも例外は存在する。

俺にとってのそれは、農作物、ひいては農業をバカにすることだった。

お前が毎日食べているであろう野菜や果物はその農家の苦労によって生み出されているのだ。

農作物を作る手間も知らずに、ただそれをバカにするとはどういう了見《りょうけん》なのだろうか……。今までならば、暴れている可能性もあったが……ここでそうしてしまえば、きっとフィーに迷惑がかかってしまう。

学生時代には色々と迷惑をかけたし、今回はそのことも含《ふく》めてこの場に来たのだ。

ならば俺は……その怒《いか》りを内心に留《とど》めて、こらえるべきだろう。

まぁ、嫌味の一つは言わせてもらうが。

「そうです。あなたが言うところの、農作物ごときのおかげで、今の私がいるのです」

「バカな……あの噂は本当だったのか⁉」

「はい。私には富も名誉もいりません。ただ、そこに農作物があれば、良いのですから」

「それは才能の損失だ。本当に大きな損失だ‼　考え直して欲しい‼」

「いえ。これは変わりません」

「金ならいくらでも用意する‼　それに欲しいものはなんでも……‼」

「私が欲しいものはあなたには用意できません。ただ私は、農作物の研究をすることができれば良いのですから。すでに満たされているのです。残念ですが、神秘派の象徴となることはできません。それでは、失礼します」

決してキレることなく、我ながら大人の対応ができたと思う。

オスカー王子の悔《くや》しそうな表情《かお》も見れたことだし、この怒りは少しだけ収まりつつあった。

「エル、大丈夫《だいじょうぶ》だった？」

それからしばらくして、パーティーも終わろうという頃《ころ》にフィーと合流することができた。

「あぁ。オスカー王子には真正面から言ってやったさ。まぁ……農作物をバカにされた時は、キレそうになったがな」

「え……？　堪《た》えたの？」

「あぁ。大人な対応で済ませた。嫌《いや》みは言ったがな」

「エル……あなたも成長したのね……学生時代なら絶対に暴れてたのに……」

「フィーの顔を潰すわけにもいくまい」

「ううう……私に気を遣《つか》えるようになるなんて……」

「しかし相手も俺のことをリサーチしているようで、詳《くわ》しくは分かっていないようなんだな。別に農作物のために錬金術を学んでいるのは隠《かく》していないのにな」

「それはまぁ……碧星級が農作物の研究をしているなんて、誰も信じないでしょう」

「まぁ……それはもう慣れたが……これで終わってくれると良いがな」

「そうね」

だがこれはまだ始まりに過ぎないと言うことを、俺は後に知ることになるのだった。

自宅に戻《もど》って俺はフィーと一緒にご飯を食べた。その時、少しだけ落ち込んでいるのがバレたのか、フィーが心配そうに話しかけてくる。

「エル……もしかして何かあった？」

「はぁ……流石はフィーだな。実は、オスカー王子に誘われたよ。神秘派に来いってな」

「やっぱり。それで……？」

「断ったよ。俺にはやることがあると言ってな。それと王子がなぜか、プロトのことを知っていた。情報が間違いなく漏れているな」

「嘘《うそ》……どこから漏れるっていうの……？」

「分からん。今のところ、誰かが話したとは思えないし……まさか、フィーが裏切っているわけでもないだろう？」

「それはそうよ……神秘派なんて連中、嫌《きら》いだし。いつもネチネチネチ、私の婚期《こんき》のことを……うわあああああああ！　考えたらさらにムカついてきた！」

「だよな。まぁ、とりあえずは断ったんだ。大丈夫だろう」

俺たちはそこで話を切り上げて、別れた。だが、今日の夜は妙に寝《ね》つきが悪かったみたいで、目を覚ましてしまった。

願わくば、俺の夢がこのまま進みますように……。

◇

「実はリタ。今日は紹介したい奴がいる」

「……誰かいるんですか？　エル先生」

翌日。俺はリタにゼミで指導をしていた。最近はこの時間が本当に癒《いや》しになっている。リタの錬金術の技量はかなりのもので、会った頃に比べれば本当に良くなっている。このままいけば、金級《ゴールド》の錬金術師になれるかもしれない。近いうちに協会に申請《しんせい》を出して、試験を受けさせる予定だ。と、そんな感じで今はリタにあいつを紹介したいと思っている。

「ほら、出てこい。プロト」

俺がそう呼ぶと、カバンからひょこっと顔を出すプロト。今日は研究室に連れてきてみた。もちろんリタに見せたいというのもあるが、一号たちとコミュニケーションは取れるのかを知りたいから連れてきたのだ。

「……！」

プロトがいつものように、「やぁ！」と言わんばかりに右手を挙げる。それを見たリタは目を見開く。

「え!?　これって、あのプロトですか!?」

「あぁ。俺がずっと話しているプロトだ。見てくれ、最近は歩くことができるんだ」

俺の言葉を察してか、プロトが威風堂々《いふうどうどう》と机の上を闊歩《かっぽ》する。小さな足取りだが、迷いのない歩き方。最近は歩き方も様になってきており、もはや人間のそれにかなり近い。

「おおおおおぉぉぉ！　す、すごいですね！　以前はハイハイしていたんですよね⁉　それが勝手に歩くようになるなんて……ホムンクルスが進化するって聞いたときは驚きましたが、こうして実物を見るとなんだか感慨深《かんがいぶか》いですね。先生の研究成果の全てがここに詰まっているんですねぇ……」

「その通りだ」

リタは本当にわかる奴だ。俺の話をいつも真面目《まじめ》に聞いてくれる。さらに最近は『歩くトウモロコシ』たちの世話はリタにも任せている。俺が不在の時は、屋上の鍵《かぎ》を渡してあいつらの散歩をしてもらっている。初めは遠慮《えんりょ》していたが、「ぜひ、やらせてください‼」というので任せてみた。すると、トウモロコシたちは俺よりもリタの方が気に入ってしまい、最近はリタに任せきりになってしまっている。

「よし、では……運命の邂逅《かいこう》といこうじゃないか」

俺は一号から四号を全て机に並べる。そして、プロトと接触《せっしょく》させて見ることにした。

「……！」

「「「……⁉」」」

「……！」

「「「………」」」

何やらジェスチャーでやり取りをしている。俺は早速《さっそく》それをノートにまとめる。やはり、完全独立型人工知能はどの農作物でも互《たが》いに意思疎通《そつう》を図《はか》れるらしい。人参《にんじん》とトウモロコシという別の農作物だというのに、しっかりとコミュニケーションを取っている。

そしてしばらくすると、プロトが全員と握手をし始める。どうやら受け入れられたようだ。

「ほえええええ……これはまさに未知との遭遇《そうぐう》ですね！　すごいですよ！　私は歴史的な瞬《しゅん》間《かん》に立ち会ったに違《ちが》いありません！」

「おお！　そうだな！　間違いない！」

「やりましたね、先生！」

「あぁ！　やったぜ！」

そのあとしばらく、俺たちはテンションの高いまま馬鹿騒《ばかさわ》ぎをした。だが、偶然《ぐうぜん》通りかかったフィーに「うるさいッ！」と一喝《いっかつ》されてしまった。

フィーは怒《おこ》ると結構怖《こわ》いので、俺とリタはそのままシュンとなり解散するのであった。

学院を出ようとしていると、偶然フィーと出会う。さっきのことがあったから妙に気まずい……だが無視するわけにもいかない。

「あら、エルも今帰り？」

「あぁ」

「今日もご飯一緒に食べよ？」

「……いいけど。俺の家には今は何もないぞ」

「私も今はちょうど切れているの。一緒に買い物行こ？」

「了解した」

どうやらフィーの方はそんなに気にしていないらしい。よかった……そうして俺達《たち》はスーパーで買い物をすると、夜道を二人で歩いていく。

今通っている道は街灯があまり機能していない場所で、ちょっと薄暗《うすぐら》い。女性が一人で通るには危ない。最も、カノヴァリア王国は治安がいいので、あまり暴漢などはいない。

そう思っていると、俺は妙な感覚に陥《おちい》る。

これは錬金術《れんきんじゅつ》の気配だろうか。

じっと周囲に目を凝《こ》らす。

そして周りの第一質料を探《さぐ》る。

なるほど……これは確かに少し分かりにくいな……。

「フィー、ちょっと俺の後ろにこい」

「え……？」

「よく見ろ、錬成痕《れんせいこん》だ。これは……神経に麻痺《まひ》をかけるものだな……」

俺は錬成陣を見て、そう見抜《みぬ》く。そして一瞬《いっしゅん》でそれをレジストする。この錬成陣の精度からいって、これを仕《し》掛《か》けた奴は間違いなく白金級レベル。俺はさっきよりも警戒をあげる。俺一人ならばどうにでもなるが、フィーも一緒だと分からない。といっても、フィーもそれなりに強いので心配はしていないが、念のためだ。

「……レジストしたが、相手はかなりの手練《てだ》れだな。錬成陣にクセがない。これはここから特定するのは難しそうだ」

「……そうみたいね」

俺とフィーはレジストされた錬成陣を見つめる。

そこにはどこまでも綺麗な錬成陣が描《えが》かれていた。

錬成陣は人によってクセがあり、個性的なものになる。

そこから個人を特定するのは協会を使えば容易だ。だがしかし、これは意図的にその癖《くせ》を消している。

何万と錬成陣を見てきた俺達にはそれがよく分かった。

そして悟《さと》る。どうやら、オスカー王子達の神秘派は俺をこのままにしておくつもりはないようだ。

ちなみに神秘派だけでなく、理論派もまた俺を放っておくことはなかった……。

そのことを俺は次の日から嫌という程《ほど》に思い知るのだった。

第四章　派閥《はばつ》による過激な勧誘《かんゆう》!?

「ふわぁああ……」

いつものように目が覚めてから、俺はまずポストを確認《かくにん》する。

すると中には大量の手紙が入っていた。

「……は?」

バラバラバラと大量に出てくる紙の束。それは封書になっているものもあれば、普通《ふつう》に紙の束になっているものもあった。

とりあえず落ちているものを拾って読んでみる。

「えーっと。神には神たる所以《ゆえん》があるのです。農業など瑣末《さまつ》なことは下民にやらせて、あなたは神となるのです……」

はぁ……。

そう思いながら俺はその紙をぐしゃっと握《にぎ》りつぶす。

そして次は別の紙に目を通して見る。

「あなたの居場所は理論派にあるのです。エルウィード・ウィリス様が発見した元素理論《げんそりろん》がその最たる例です。その証拠として……」

その分厚い紙をペラペラとめくると、びっしりと書き込まれた長文がそこにはあった。

パッと見るに十万字近くはあるだろうか。それこそ、本一冊分だ。

理論派は長文のレポート紛《まが》いのもの。

神秘派は、内容自体は短いものの、その量は尋常《じんじょう》ではない。

おそらくこれは百人以上の人間が書いているのだろう。それぞれ文体が違うし、内容も違う。

俺がアイドルであり、こうしたファンを喜ぶ人間ならば……嬉《うれ》しいのかもしれないが、そんなことは全くない。

俺は純然たる農家であり、それこそ碧星級《ブルーステラ》の錬金術師という肩書《かたが》きですら俺にとっては些事《さじ》に過ぎない。

だが周りはそう思っていることはなく、こうして勧誘を繰《く》り返《かえ》してくる。

くそ……あの頃のツケがこうして巡り巡ってくるとは……。

しかしこれはまだまだ始まりの一端《いったん》に過ぎなかった。

「おっと……すいません……」

「大丈夫ですか？」

目の前で人が転んだので、もちろん俺は手助けをする。

するとその人は俺の手を急にガシッと掴んでくる。

「え？」

「ありがとうございます！　もしかしてあなたが神ですか？」

「いいえ……違いますが」

「いいえ。私にはわかります。こうして助けてくれるお方こそ、神以外にありえないと」

まずい。そう思った瞬間には手遅《ておく》れだった。

こいつは、神秘派のやつに違いない。

そう認識して速攻逃《そっこうに》げ出《だ》す。

相手が転んでいることなどお構い無しだ。

というよりも絶対にこいつはわざとやっている。

ということで、俺は颯爽《さっそう》とその場から逃げ出そうとするも……すぐそこの曲がり角から
オスカー王子がスッと出てくる。

「やぁ……奇遇《きぐう》だね」

「いえ。奇遇ではありません」

「いいや。これは偶然であり、必然の可能性などないさ。実は僕の趣味《しゅみ》は散歩でね。こうして毎朝歩いているんだが……今回はちょっとした気分でコースを変えてみてね。本当に偶然だよ。もしかして、これも神の思し召《おぼめ》しなのかもしれない」

「そうですか……ではッ！」

相手の話を適当にあしらうと、俺はそのままスタスタと早歩きを続ける。

だがこいつは意外とそれにくらい付いてくる。

「どうだい？　少しモーニングティーにでも繰り出しては？　もちろん、僕のおごりになるけれど」

「いえ結構です。朝は授業があるので」

「しかし今の時間ならもう少し余裕《よゆう》があると思うけど？」

「……」

こいつ……と内心で思う。

どうやら俺のスケジュールをある程度把握《はあく》しているようである。

というよりも、これはもはやストーカーなのでは？

そう思うも、相手は一応王族ということもあり粗雑《そざつ》に扱《あつか》うわけにもいかない。

本来ならば、錬金術でも使って地面に転がしてやろうかと思うが……そうもいかない。

ということで、俺はとうとうその場から駆《か》け出した。

もちろん錬金術によって身体強化を図って。

「おっと……急いでいるのかい？」

「……」

「返事をする余裕もないのかな？」

この王子。どうやら錬金術の技量、それに基本的な身体能力は高いのか、俺の走りに悠然と付いてきている。

「おっと。もう学院についてしまったか。では僕はここで。また偶然会えることを願っているよ」

「そうですね。偶然、だといいですね」

「ははは。偶然だとも。では……」

学院の門の前で別れると、俺は「はぁ……」とため息をつく。

そうしていると、後方から声をかけられる。

「あれ？　先生、どうしたんですか？」

「アリスか……ちょっとオスカー王子に付けられてな」

「あぁ……それで今日は妙《みょう》に起きるのが早かったんですね」

「そうなのか？」

「はい。いつもはいるはずのない朝食の席にいたので、どうしたんだろう……とは思っていましたが……」

「どうにかならないのか？」

正直言って、アリスに言ってどうにかなるのならば、すでにことは終わっているだろう。

だがダメ元だとしても、俺は尋《たず》ねずにはいられなかった。

「そうですね……私もどうにかしてあげたいですが……ああなったオスカーお兄様を止めるのは……」

「だよなぁ……」

再びため息をつく。

しかしどうするべきか……。

そう考えるも、俺が取るべき行動は一つだった。

そうだ。フィーに相談しよう。

と、いうことでやってきたのはフィーの研究室。

現在は午前中の講義も終了《しゅうりょう》し、昼休みになったのでフィーを訪ねて来ていた。

「フィー、いるか?」

「ん? エル? どうしたの? 珍《めずら》しいね……って、まさか何かやらかしたの⁉」

俺が久しぶりに研究室に来たということから、何かをやらかしたという認識は失礼ではないのか? と一瞬だけ思うも……自分の二年間の学生時代を思うと……まぁ……そう思うのも当然か。

でも今はそんなことはどうでもいい。

とりあえずは神秘派の対策をしなければならない。

それに一応、理論派の方の対策も。

「実はあれからまた来てな」

「何が?」

「神秘派だ」

「……」

あからさまに嫌そうな顔をするフィー。

俺も同じだが、フィーもあいつらにはいい印象を持っていないらしい。

それは口論になった際に、婚期について言及《げんきゅう》されたのが原因だとか。

「はぁ……このあいだのパーティーのせいね」

「そうみたいだ」

「まぁ……エルが言っただけで諦《あきら》めるならとっくに諦めているわよねぇ……」

「どうにかならないか？」

「うーん。今回は相手が悪いわね」

「前とは違うということか？」

「そ。神秘派のトップにオスカー王子が来たでしょ？」

「あぁ」

「王族っていうのが厄介《やっかい》なのよ。貴族も下手に言えないしね～」

「そうなのか？」

「まぁ……オスカー王子に文句を言っている貴族はいるにはいるけど……やっぱり面と向かって言うとなると……ね」

「はぁ……まじで面倒《めんどう》だな」

「前までは別に王族でもなくて、ただの貴族の派閥みたいな感じだったけど、流石に王族が絡むとね……」

「今日も朝、あいつに会った」

「オスカー王子に？」

「あぁ。偶然、散歩している時に会ったとかなんとか」

「絶対嘘じゃない」

「間違《まちが》いないな」

俺《おれ》とフィーは二人で「はぁ……」とため息をつく。

そしてフィーは色々と書類をチェックするも、いい案が浮《う》かばないのか、再びため息をつく。

「うーん。前みたいな案が使えないからなー」

「拒否《きょひ》続けるしかないか？」

「まぁしばらくはそうする？」

「俺が毅然とした態度を示して、諦めてくれればいいが……」

「そうはいかないでしょうね。とりあえず私も色々と考えてみるから」

「いつもすまないな」

そう言うとフィーは目を大きく見開いて、ポカーンとした表情になる。

「どうした？」

「いや……エルも成長したんだなって」

「まぁ……そうだな。学生時代よりも無茶《むちゃ》なことはしなくなったな」

「ま、いつまでもつかわからないけど……」

「む……失礼な」

「農作物のことで、冷静でいられる？」

「ケースバイケースだな」

「はぁ……やっぱりね」

「まぁそれはいいとして。よろしく頼《たの》む」

「わかったわ」

最後にフィーにそう言って俺は研究室を去って行った。


帰宅しようと帰路を進んでいるも……後ろに妙な気配を感じる。

「おい。隠れていないで、出てこい」

「これはこれは、失礼いたしました」

出て来たのは、スーツを着た男性だった。

ぱっと見は、身なりは整っているし、綺麗《きれい》に髭《ひげ》も剃《そ》られていた。

また眼鏡をかけていることもあり、やけに知的に見える。

と言うよりも、こいつはどこかで見たことがあるような……。

「ご無沙汰《ぶさた》しております」

「あぁ。学会で確か会ったことがあるような」

「ええ。一応、理論派の中でも重要な役職についておりまして……」

にこりと微笑《ほほえ》む相手を見て、俺は思い出していた。

俺は錬金術の集まり……特に学会などは面倒なので出ないのだが……元素理論を発表する際に一度だけ、プレゼンをした記憶《きおく》がある。

その中でも最前列にいた男性はかなり質問をしてきた上に、俺の元素理論をしっかりと理解しているようでかなり頭がいいな、と思ったほどだ。

「で、何か？」

「最近オスカー王子から熱烈《ねっれつ》なアプローチを受けているとか」

「まぁ……そうだな」

「どうですか？　これを機に、是非《ぜひ》とも理論派のトップになってみては？」

「いや全く興味がない」

「またまた。大丈夫です。あなたほどの天才でしたら、私たちも大歓迎《だいかんげい》ですので……」

「いや俺は農作物の研究ができれば、それでいい」

「また世迷言《よまいごと》を……いいですか、あなたの才能は農作物ごときに使うものではないのです……」

「はぁ……」

「いいでしょう。これを機に、あなたの才能がどれだけ素晴《すば》らしいか、力説しましょう」

「はぁ……」

もちろんそれを無視しながら、俺はスタスタと歩みを進める。

学生時代の俺ならば、ブチギレてそのまま放《ほう》り投《な》げているだろうが……最近は話が通じない奴には何を言っても、何をしても無駄《むだ》なのだと理解した。

「いいですか、そもそも……」

「……」

「元素理論の素晴らしいところは……」

「……」

「それに加えて、完全独立型人工知能。ホムンクルスの原型でもありますが……」

「……」

まじでこいつのメンタルどうなってんの？

そう思うほどに、俺が無視してもずっと語り続ける。

そうして暗唱が終わったのか、男は恭《うやうや》しく礼をする。

「神秘派よりも、こっちの方がいいと思いましたか？」

「いや全く」

「ふふ……そうですか。いえ、いいのです。真の天才とはそのようなお方。碧星級の錬金術師は我々の理解が及《およ》ばないところにいると承知しておりますので」

そう思っているのなら、普通に放っておいてくれ……と言いそうになるも、まぁこれも藪蛇《やぶへび》だ。

「ではまた機会があれば……」

そのまま満足したような顔で去っていくも、俺には本当に良い迷惑《めいわく》だった……。

そして帰宅するも……家の鍵が開いていた。

まさか……？

と思って玄関《げんかん》から中に入っていくと、リビングのテーブルには見慣れた顔があった。

「リーゼ！」

「あ！　お兄ちゃん！　おかえり〜。勝手に入っちゃったけど、良かった？」

「もちろんだ！　リーゼだったらいつでも来てもらって構わない」

「わーい！　ありがとーお兄ちゃん！」

にこにこと微笑んでいるリーゼは本当に可愛《かわい》い。

きっと俺の妹は世界一可愛いに違いない。

異論は認めない。

農作物のことと同じくらい、俺は家族を大切に思っている。

ちょうど今は神秘派と理論派によってメンタルがやられている最中だ。

そんな中で、最愛の妹であるリーゼに出会えるのは本当に僥倖《ぎょうこう》だった。

「今日もプロトは元気だね！」

「あぁ。最近は特に調子がいいらしくてな」

リーゼの方に乗っているプロトは俺が帰って来たのがわかっているのか、右手をスッとあげて俺の帰りを迎《むか》えてくれる。

それはまるで、「お帰りなさい」と言ってくれているようで、俺の心が本当に癒される

……。

「お兄ちゃん、疲《つか》れてると思って……実はご飯作っておいたよ！」

「まじか！」

「うん！　実は私も成長しているのです。えへん」

まだ成長していない小さな胸を張りながら、リーゼは得意げな顔をする。

しかし実は、うちの家族は全員が一通り料理ができる。

それは母の教育のおかげなのだが……その中でもリーゼは食に対する関心が強いのか、姉さん、俺、リーゼでは、一番リーゼが料理がうまい。

そんなリーゼの手料理を食べることができるとは……今日は色々と面倒だったが、これで全《すべ》て帳消しになるだろう。

「ささ。一緒《いっしょ》に食べよう！」

「あぁ！」

ということで、兄妹《きょうだい》二人で仲良く夕ご飯を食べるのだった。


「あぁ……美味《うま》かった」

「えへへ？　そうかな？　かな？」

「リーゼの料理は世界一だな」

「わーい！　お兄ちゃんに褒《ほ》められたぁ！」

「ふふ……」

今はご飯を食べた後ということで、ソファーに座《すわ》っている。ちょうど俺の膝《ひざ》にリーゼがちょこんと座っている形になっている。

ちなみにプロトはリーゼの頭の上が落ち着くのか、そこに鎮座《ちんざ》している。

「ねぇねぇ。お兄ちゃん」

「どうした？」

「その……」

もじもじしながら、何かを言おうとしているリーゼ。

今の段階では何を言おうとしているのか、皆目見当《かいもく》がつかないが……。

「その、久しぶりに一緒にお風呂《ふろ》に入りたいなー。なんて」

「なるほど」

実は実家にいる頃《ころ》はよく一緒に風呂に入っていた。年頃なのだからやめなさい……と言われていたのだが、今の俺は一人暮らし。

ならば、答えはもう決まっていた。

「そうだな。一緒に入るか」

「本当に!?」

「もちろんだ」

「わーい！　お兄ちゃんとお風呂だー！」

バタバタと脱衣所《だつい》に向かうと、リーゼは衣服をパパッと脱《ぬ》ぎ捨《す》ててそのまま浴室に入っていく。

もちろんプロトも一緒だ。

そして俺もそのあとについていくようにして、浴室に入る。

「お兄ちゃん、洗って！」

「そうだな。久しぶりにするか！」

「うん！」

ということで、俺はワシャワシャとリーゼの頭を洗う。

女性にとって髪《かみ》は大切なものだと姉さんに言われているので、丁寧《ていねい》にリーゼの髪を洗うとそのまま体に移る。

一通り終了すると、リーゼは頭にプロトを乗せたまま浴槽《よくそう》へとダイブする。

「ふぅ～。お風呂は熱いのに限るねぇ～」

リーゼは頭に濡《ぬ》れたタオルを置いて、完全にリラックスしている。

ちなみにプロトは風呂桶《ふろおけ》に溜めた少しぬるいお湯に浸《つ》かっている。

浴槽にプカプカと浮きながら、プロトもまたリラックスしているようだった。

「リーゼ、俺もいいか？」

「うん！」

俺もまた、髪と体を洗い終わると一緒に浴槽に入る。

「「ふぅ～」」

俺とリーゼの声が重なる。

今は俺の上にリーゼが重なっている感じになっている。

そして久しぶりに一緒に入っているという事実に、俺は幸福感を覚える。

今日は朝から本当についていていなかったからな。

こうしてリーゼに癒されるのは、本当にタイミングが良かった。

「お兄ちゃん、もしかして疲れてる？」

「わかるのか？」

「そりゃあ妹だからね！」

「まぁ疲れているが……リーゼのおかげで吹《ふ》っ飛《と》んだな！」

「私のおかげ？」

「あぁ。リーゼのおかげだ」

「わーい！　私もお兄ちゃんの力になれて嬉しいよ！」

「ふふ。そうか……」

そこから先は他愛《たあい》のない話をした。

学校で何があったのか、それに実家で何があったのか。

リーゼはそれはもう楽しそうに語ってくれた。

そんな些細《ささい》な幸せな時間を、俺は噛《か》みしめるのだった。


朝がやってきた。

リーゼは実家の農作業があるということで、四時過ぎには起床《きしょう》してそのまま帰宅してしまった。

非常に寂《さび》しいのだが……まぁ会う機会はまたいつでもある。

ということで俺は今日も今日とて研究を開始する。

今日は授業もないただの休日。

実は学院にある自分の研究室に向かいたい気持ちもあるのだが……。

外に出てしまえば、神秘派と理論派の連中に遭遇してしまう可能性もある。

だからこそ、俺の取る選択肢《せんたくし》は外に出ない、だ。

この二日の休みは家でじっくりと研究をしよう。

別に必ずしも外でやらなければならない……ということもないしな。

「ふぅ……」

そして俺は一息ついて、コーヒーを片手に研究に勤《いそ》しむ。

現在は、机の上でプロトがころん、と仰向《あおむ》けになっている。

そしていつものように、その変化を確かめるが……。

「流石《さすが》にあれ以上の変化はそうそう起きないか」

と、呟《つぶや》く。

プロトが立ち上がったのは記憶に新しいが、あれ以来の衝撃《しょうげき》はまだ起こっていない。

俺はプロトのコード解読を終了すると、そのままプロトを自由にさせておく。

「……！」

「どうした？　頭に乗りたいのか？」

「……！」

そういうと、プロトはぐっと右手をあげながら、うんうんと頷《うなず》く。

その様子を微笑ましいと思いながら、俺はすぐに頭の上にプロトを乗せて研究を続ける。

実は最近、人の頭に乗ることがプロトの中では流行《はや》っているらしい。

あくまで憶測《おくそく》に過ぎないが、最近は何かと頭に乗せろとペシペシと叩《たた》いてくる。

昨日のリーゼの時もそうだったように、プロトはどうやら人の頭が妙に落ち着くらしい。

まぁ、ちょうどいい面積だし、人の温かさもあるからこそ、好きなのかもしれない。

そして俺は、錬成陣《れんせいじん》を描きながら農作物へのアプローチをどうしようかと考える。

実際のところ、俺は錬成陣なしでも錬金術は使えるがこうした研究ではやはり錬成陣を使った方が上手《うま》くいくことが多い。

というよりも、錬成陣なしでは簡素かつ素早《すばや》く錬金術を使えるだけで、色々と複雑な工程を踏《ふ》みたいのならば未《いま》だに錬成陣ありの方がいい。

そうして俺が研究に取り組んでいると、インターホンがピンポーンという音を鳴らす。

「む……？」

現在は朝の七時。

この時間に誰《だれ》かが来るとは考えがたい。

一番可能性が高いのは、フィーだが……あいつは意外と休日はダラダラとするので起きるのはいつも十時くらいだ。

そう考えると可能性は、まさか……と思う。

もしかして神秘派か理論派の刺客《しかく》がやってきたのか？

この不可侵《ふかしん》の家まで来るとは、流石に俺も態度を改める必要があるか……。

そんなことを考えながら、ドアスコープをちらりと覗《のぞ》くとそこには見知った顔があった。

「セレーナか」

ふぅ……と息を吐《は》いて、安心する。

別に約束をしていたわけではないが、知り合いだということだけでも俺は心底安堵《あんど》する。

セレーナは前髪《まえがみ》を整えながら、ドアをじっと見ている。

今日はセレーナも休日なのか、いつもよりもラフな格好だ。

と言っても、彼女《かのじょ》はかなり気を使うので外に出る時も、家にいる時もそれなりの格好をしている。

今日は赤いジャケットに、少し丈《たけ》の短いスカートを身につけている。

さらにいつものように、髪《かみ》は縦ロールに綺麗に巻かれていた。

そして俺はすぐにドアを開ける。

「セレーナ。どうした?」

「あ! 良かったですわ」

「どうかしたのか?」

「その色々と聞きまして……」

「まさか例の件を知っているのか?」

「まぁ貴族間でも噂《うわさ》になっているので」

「そうか……それで、何か用事でも？」

「エルに食料を持ってきましたの」

「食料？」

よく見るとセレーナの両手には何かが大量に入った袋《ふくろ》が引っさげてあった。

「外、あまり出れないのでしょう？」

「おぉ！　実は自分でも買い込んでいたんだが、これは助かる！」

「で、入ってもよろしい？」

「もちろんだ」

「お邪魔《じやま》しますわ」

室内にセレーナを通すと、机の上に置いてきたプロトが両手を上げて頭に乗せろと要求して来る。

「ふむ……そうだな。せっかくだから、セレーナの頭を使うか」

「何の話ですの？」

「プロトが最近、人の頭に乗るのにはまっていてな」

「まぁ。それは何というか……愛らしいですわね」

「ということで、頭に乗せてやってくれ。俺はセレーナのぶんもコーヒーを入れて来る」

「わかりましたわ」

俺はセレーナにプロトを優《やさ》しく受《う》け渡《わた》すと、彼女は軽くプロトを撫《な》でてから頭に乗せてやる。

その間に俺は改めてお湯を沸《わ》かして、インスタントのコーヒーを作る。

これはフィーからもらったものなので、インスタントであってもそれなりに美味い。

「ほい。コーヒー」

「ありがとうございます」

セレーナはマグカップを受け取ると、フーフーと冷ましてからズズと口をつける。

「それでですけど……大変みたいですわね」

「あぁ……理論派もそうだが……神秘派の介入《かいにゅう》がな」

「理論派は名前の通り、理論的に物事を考えるので話が通じる方もいますが……神秘派は厄介ですわね。貴族の間でも、神秘派は色々と敬遠されてますのよ」

「そうだろうなぁ……しかし、あいつらのトップが変わったのが痛い……」

「オスカー王子ですわね」

「あぁ」

「確か以前の神秘派のトップの方が、オスカー王子と幼い頃《ころ》から仲が良かったとか……」

「ある種の洗脳だな……」

「ええ。でもまぁ、何を信じるかは人の自由ですけど……エルは巻き込まれて災難ですわね」

「そうだなぁ……いや、マジであいつらやばいぞ？」

「具体的には？」

そう言われたので、俺はまとめて処分する予定だった手紙の束を見せる。

近くにゴミ袋《ぶくろ》にまとめて入れていたので、セレーナに見せるのは容易《たやす》かった。

「う……うわぁ……何ですの、これ」

「全部は目を通していないが、勧誘だ」

「はぁ……これは神秘派だけですの？」

「あぁ。理論派のやつも別にまとめてあるが、あっちは量が少ないからな」

「これが一気に来るとは……ゾッとしますわね」

「だろう？」

そうしてそのゴミを部屋の隅《すみ》に寄せると、俺たちは改めて机を挟《はさ》んで雑談を繰り広《ひろ》げる。

「セレーナは最近どうだ？」

「まぁ……それなりにのびのびとやっていますわ」

「そうか。それなら良かった」

セレーナは大切な友人だ。

だからこそ、その言葉を聞いて俺は安心した。

まさか俺のようになっているとは思わないが、人の苦労はそれぞれある。

新しい環境《かんきょう》では色々と苦労もすると思うが、セレーナが元気そうで良かった。

俺は自然と笑《え》みが溢《あふ》れるのだが、彼女はなぜか下をじっと見つめていた。

それに耳も赤くなっているようだが……。

「もう……そういうところが……」

「どうした？」

「べ！　別になんでもないですわ！　ふん！」

「ええ……」

なぜか一瞬《いっしゅん》にして不機嫌《ふきげん》になってしまった。

最近は人の心の機微《きび》もわかるようになってきたつもりだが、やはり俺もまだまだらしい。

「まぁ私のことはいいのです。問題はあなたですわ」

「うーん……でもなぁ、具体的な対策もないし……」

「いつもなら暴れているでしょうに。丸くなりましたわね」

「そうだな。学生の時なら錬金術《れんきんじゅつ》の行使も厭《いと》わないが、俺も大人になったということだ」

「そうだと、良いのですけれど……」

◇

その後、時間もかなり進み俺はセレーナに尋ねてみることにした。セレーナも午後から用事などがあるかもしれないしな。

「時間はいいのか?」

「まぁ……今日は一日暇《ひま》ですので」

「そうか。なら適当にくつろいでくれ。俺は研究に戻《もど》る」

「わかりましたわ。また昼時になれば、声をかけますわ」

ということで、今日はセレーナが一日俺の家にいるようだった。

別に仲のいい友人ならば、家にいたとしても気にならないので俺はその提案を受け入れるのだった。


「エル、エルってば……」

「ん？　どうしたセレーナ」

「もうお昼ですわよ」

「何？　それは流石に嘘《うそ》だろう。まだ一時間程度しか……」

そう思って壁《かべ》にかけてある時計に目を向けると、すでに時刻は十二時半。

セレーナが来たのは七時過ぎなので、約五時間ほど集中して研究に取り組んでいたようだった。

「はぁ……どうせ休日は時間を忘れて研究していると思っていましたが……予想以上ですわね。というよりも、学生時代と変わりませんのね」

「まぁ……まだ卒業して数ヶ月《すうかげつ》だしな。それに実際に言われてみると、没頭《ぼっとう》しすぎて夜になることもあるな」

「全く。私がいないとどうなっていることやら」

「ははは。ま、意外と元気にやっているがな」

「そうですけど……まぁいいですわ。それでは昼食を取ってくださいまし」

「おぉ。助かる」

俺たちは書斎《しょさい》を出て行くと、リビングに向かう。

すでに芳《かぐわ》しい香《かお》りが部屋全体に漂《ただよ》っていた。

「パスタとサラダか」

「ええ。今回はペペロンチーノにしてみましたわ」

「こういうと怒《おこ》るかもだが……セレーナって料理うまいよな」

「当たり前ですわ」

髪を靡《なび》かせて、嬉《うれ》しそうな声でそう告げる。

実際にセレーナの料理は美味い。

初めて食べたのは学生時代。

俺はあまりにも研究に没頭しすぎて、研究室でくたばっていたことがあった。

脳内ではまだ研究をしているつもりなのだが、身体の方が限界を迎えた。

そんな時にセレーナが俺を発見して、研究室にあるものを使って手料理を振舞《ふるま》ってくれた。

正直、あの飢餓《きが》状態ならなんでも美味いと思うが……。

実際にセレーナの手料理はそれを考慮《こうりょ》しなくとも、抜群《ばつぐん》に美味かった。

曰《いわ》く、貴族の女性たるものこれぐらいはできて当然。

とのことらしい。

「おぉ……美味そうだ」

「熱いうちにどうぞ？」

「では、いただきます」

俺はそう言ってから、パスタを口の中へ運ぶ。

するとニンニクの香《こう》ばしさ、さらには唐辛子《とうがらし》の辛味《からみ》がよく効いていて、かなり美味い。

しかしこれは俺の好みであるが、セレーナのやつそこまで把握《はあく》していたのか？

そう疑問に思ったので、俺は素直《すなお》に尋ねてみることにした。

「セレーナ。めちゃくちゃ美味い」

「それは良かったですわ」

「でも……」

「でも？」

「これって俺の好みに寄せていないか？」

「辛《から》いもの、お好きでしょう？」

「あぁ。でもよく覚えていたな」

「それは……まぁ、偶然《ぐうぜん》ですわ。偶然」

「そうか。それでもありがとう。こうしてわざわざ来てくれて」

「べ、別にいいですけど……友人が困っているのなら、助けるのは当然ですわ」

「あぁ。だからセレーナも困った時は言えよ？」

「も、もちろんですわ」

そして二人で昼食を取り終わると、俺は感謝の気持ちを込めて彼女に錬金術の扱《あつか》いを改めて教えていく。

セレーナがマスターしたいのは、錬成陣なしでの錬金術だ。

騎士《きし》などの実戦を行う錬金術師には、この技能があればかなりのアドバンテージになる。

だからこそ、セレーナは懸命《けんめい》に俺の話を聞いていた。

持参していたノートにも俺のアドバイスをまとめるほどに。

「さてここまでにするか」

「ええ。ありがとうございます」

「いや構わないさ。食事の礼だ」

ふと窓越《まどご》しに外を見ると、もう夕方の光が室内に差し込む時間になっていた。

午前中は研究で、午後はセレーナに錬金術を教える。

割と充実《じゅうじつ》した一日になったな。

「さて晩《ばん》ご飯《はん》はどうするか」

「あ、それなら私が……」

セレーナは何かを言いかけたが、それはインターホンの音によってかき消されてしまう。

「すまない。ちょっと出てくる」

「ええ……」

そして今回も相手が誰なのか入念に確認《かくにん》すると、その場にいたのはフィーだった。

俺はフィーを見ると、すぐにドアを開ける。

「フィー。どうした？　何か用事か？」

「用事ってほどでもないけど、ほら今は外に出づらいでしょ？」

「まぁ神秘派と理論派の勧誘《かんゆう》が激しいからな」

「そうそう。だからご飯でも作ってあげようと思って」

「なるほど。しかし実は……」

「？　どうかしたの？」

「セレーナが朝から来ていてな。実は昼ご飯は世話になった」

「ふーん。へぇ……そうなんだ」

何気ない言葉。いつもの俺ならば、普通《ふつう》に聞き流していただろう。

でも今日はなぜか、その言葉に別の意味が含《ふく》まれているような……。

そんな気がした。

「じゃあ今はセレーナもいるの？」

「あぁ」

「ふーん。それなら私も入っていいよね？」

「別に構わないが……」

俺が言葉を全ていう前にすでにフィーのやつは室内に入り込んでいた。

まぁ……フィーが俺の家に来てご飯を食べて行くことはよくあるので、構わないのだが……妙《みょう》な寒気がするのはなぜだろうか。

「せ、先生？」

「ふーん。本当にいるんだ。お久しぶり、セレーナ」

「先生もお久しぶりですわ」

「夕ご飯、一緒に作らない？」

「……なるほど。察しましたわ」

「ええ。じゃあすぐに作りましょうか」

「はい。先生」

フィーとセレーナは互《たが》いに何かを感じ取ったのか、台所でテキパキと行動を開始する。

一方の俺といえば暇なので、プロトと遊んでおくかと思った瞬間《しゅんかん》、再びインターホンが室内に鳴《な》り響《ひび》く。

「すまない二人とも。少し出てくる」

そう告げて、出て見ると……アリスのやつがそこにいた。

「先生、来ちゃいました」

「お前もか……」

「え？　お前もって、まさか？」

アリスの手の中には袋があった。

その中には食材が入っており、夕食を作るために持って来たものだとすぐに理解できた。

「誰が来てるんですか……？」

じっと俺《おれ》を射《い》抜《ぬ》くようにしてみてくるアリス。

もちろん素直に名前をあげる。

「セレーナとフィーだ。フィーはさっき来たが、セレーナは朝からだな」

「……なるほど。ではお邪魔します」

「あ、あぁ……」

有無《うむ》を言わせない雰囲気《ふんいき》を纏《まと》って、アリスもまた室内に入り込んで行く。

「……」

「……」

「……」

三人とも特に会話をすることなく、淡々《たんたん》と料理をしている。

その雰囲気はあまりに異様で、ちょっと口をはさめるようなものではなかった。

そして四人で軽く雑談でもしながら、食事を取ってから、セレーナは帰ると告げた。

「ではまた来ますわ」

「あぁ。今日は本当に助かった」

ドアの前で別れを告げる。

今日は本当にセレーナに世話になった。

俺が研究している最中は、プロトと遊んでくれたようで、プロトも喜んでいた。

ちなみに今は俺の頭の上にいる。

「では、ごきげんよう」

「あぁ」

セレーナが去るのを見届けると、リビングではフィーとアリスがじっとにらみ合っていた。

「フィーってば、お節介《せっかい》ですね」

「何のことですか、アリス王女？」

「いえ別に。でも先生のところ、よく来ているようで」

「まぁ人並み程度ね。それに今は教師と生徒の関係でもないし？」

「えぇ。分かっています。でも少々多すぎませんか？」

「それはあなたの主観でしょう」

「そうですが、先生の迷惑とは思わないのですか？」

なにやら言い合っているようで、言い合っていないような。

まぁ今は二人がなにを言っていようとも、俺にはどうでもいい。

ということで、二人には風呂に入ると告げてリビングから俺は姿を消す。


「あれ？　アリスは？」

「なんか王族の方で色々とあるとか言って帰って行ったわ」

「バタバタとしているのに、よく来たな。食料はありがたいが」

「まぁあの子なりに色々と考えているのよ」

「そうなのか？」

「えぇ」

フィーのやつは慣れたもので、勝手にコーヒーを入れてソファーでくつろいでいた。

「で、大丈夫《だいじょうぶ》なの？」

「あの事か……」

「ええ。手紙とかはあれから来てないの？」

「別にないな。いや、理論派からは分厚い資料みたいなのがくるが……神秘派はもっぱら直接的なアプローチが多いな」

「なるほど、ね」

「それにしてもあいつらに諦《あきら》めるという言葉はないのか？」

「うーん。エルってば碧星級だしねぇ……簡単に諦めるとは……」

「はぁ……俺はただ好きに生きたいだけなのに……」

「それは私もそうさせてあげたいけど、エルの才能を農作物のために使うのは許せない！って考える人もいるしねぇ……」

「本当に困ったもんだ」

俺はフィーが入れてくれたコーヒーを啜《すす》りながら、改めてため息をつく。

「うーん。今回は以前のような作戦も使えないし」

「まぁ二度目はダメだろうな」

「一番はオスカー王子ね。きっと新しいトップになったのはいいけど、すぐに実績がほしんでしょうけど……」

「俺は実績になるのか？」

「そりゃあ、史上最高の天才と謳《うた》われているエルを神秘派に加えれば、鬼《おに》に金棒みたいなもんじゃないの？　まぁ神秘派の内情なんて知らないし、知りたくもないけど」

「そういうものか……」

「ええ……」

という事で、特に具体的な案も浮《う》かばないままフィーは自宅へと戻っていく。

一方の俺は、寝《ね》る時間まで再び研究でもしようかと書斎にこもる。

すでにプロトに栄養剤《えいようざい》は与《あた》えていて、今は机の上に用意した簡素なベッドの上でくつろいでいる。

そんな様子を微笑《ほほえ》ましいと思いながら、俺は研究に没頭するのだった。

◇

それからまた一日が経過して、月曜日がやって来た。

いつものように早朝に目覚めて、プロトの健康状態を確認してから学院に行く準備を整える。

そして外に出る。

最大限の警戒《けいかい》をして、俺は進んで行くも……今日は少しだけ遠回りして行くことにした。

そうすれば、神秘派の奴《やつ》らにも出会わないと思っていたが……。

「やぁ。奇遇《きぐう》だね」

「……」

前髪をさらりと流し、整った綺麗《きれい》な真っ白な歯をキラッと見せると俺の方へと迷わず進んでくる。

「ん？　どうしたんだい？　頭を押《お》さえて……」

文字通り、頭が痛かった。

わざわざ別の道に指定したのに、こんなところで会うとは……。

まさか家からつけていたのか？

それとも本当に散歩を習慣としているのだろうか。

「オスカー王子」

「何だい？　まさか⁉　神秘派に来てくれるのかい？」

「いえ。散歩は趣味《しゅみ》なのですか？」

「そうだと言ったけど……何か不満かい？」

「いえ……」

この王子、天然な部分もあるのか、キョトンとした様子で会話を続ける。

でも改めて考えると、俺と出会いたいのなら家の前で待ち伏《まぶ》せするのがいいだろう。そうしないで、こうして会うということは本当に偶然なのか？

それとも、偶然を装っているのか？

しかしそんな問答をしていても仕方がない。

俺は彼《かれ》の話を無視して、そのままスタスタと進んで行く。

「うん。今日は雲ひとつない、晴天だ。そう思わないかい？」

「見ればわかりますが……」

「ははは！　それはそうだね。これは一本取られたかな？」

「……」

こいつは何を言っている……。

そう内心で思いながら、俺は早足でスタスタと歩みを進める。

早く、早く、学院に、研究室にたどり着きたい！

だがこの王子、普通についてくる上にどうでもいい世間話を始める。

「最近は暖かくなってきたね。いや、もう暑さも感じる季節かな？　僕《ぼく》は季節では夏が一番好きなんだ」

「……」

「なぜ夏が好きかって？」

「……」

「うーん。何だろう。生きている……という感じがするから、かな？」

「……」

「冬は逆に嫌《いや》だね。あれは自分の生を実感できない」

「……」

「おっともう学院についてしまったか。では僕はこれで……」

「……」

あいつには一体何が聞こえているんだ……。

怖《こわ》い、怖すぎる……。

それに勧誘の言葉がないのも、逆に怖かった。

あいつは本当に世間話というか、謎《なぞ》の会話を繰《く》り広げて去って行った。

まさかこれがずっと続くのだろうか。

そう思うと背筋がゾッとした。

「はぁ……まぁ今週も頑張《がんば》っていくか」

自分を奮い立たせるためにも、俺はそう呟いて講師としての仕事をこなすのだった。


午前中が終了《しゅうりょう》し、研究室に戻ろうとしたとき、ちょうど目の前の席に座《すわ》っていた生徒が俺の方へと近づいてくる。

「先生!」

「ん? どうした?」

「ちょっと質問があるんですけど……」

「なるほど。何でも聞いてくれ」

ということで俺はこの教室に残って、その生徒の質問を聞くことにした。

いつも最前列に座っていて、真面目《まじめ》に授業を聞いている女子生徒だ。

そんな生徒が質問にくるのだから、俺も無下にするわけにもいかない。

ふ……俺もまた、一介《いっかい》の教職者として目覚めつつあるのかもしれない。

フィーも俺を農作物バカとはもう呼べないはずだ。

フハハ！

とまぁ、それは置いておいて……。

今は質問に答えるべきだろう。

「それでこれが……」

「なるほど」

「これってどうしてなんですか？」

「それはだな……」

彼女の質問に答えていく。

その質問はとても聡明《そうめい》なもので、俺の元素理論を良く理解しているからこそそのものだった。

「なるほど！　先生！　ありがとうございました！」

「いや気にしなくてもいい」

すると教室にまだ生徒が残っていたのか、もう一人の生徒が近寄ってくる。

今度は眼鏡をかけた男子生徒だったが、妙に彼女のことを睨《にら》んでいる気がした。

「おい。偉大《いだい》な先生に取り入ろうとするとは……油断ならないな」

「何よ！　そっちこそ、わざわざ居残りして、何か用？」

「お前が油断ならないことをしているからだ」

「別に〜？　先生に質問してただけだけど？」

「嘘をつけ！　お前たちのやり方はすでにバレている！」

「何のことかな？」

二人で急に言い争いを始める。

うーん。

この場合、俺が介入してもいいのだろうか。

俺が学生時代なら勝手に暴れていたが……まぁ、ここはちょっと声をかけるべきだろう。

「二人とも、まずは冷静に……」

「先生！」

女子生徒の方が、俺に詰《つ》め寄《よ》ってくる。

そしてじっと俺の目を見つめるとこう告げた。

「先生は本当は神秘派に入りたいんですよね⁉」

「は？」

「でもこいつらみたいな理論派に脅《おど》されてるって！」

「言いがかりだ。こっちも聞いているぞ！　神秘派に脅されていて、先生は理論派には入れないと！」

「何よ！　嘘言わないでよ！」

「何だと！」

瞬間、俺はその場を去っていた。

それはもはや、生徒に認知《にんち》できるほどのものではなかった。

おそらく、女子生徒の方が神秘派。

男子生徒の方が理論派なのだろう。

そして神秘派の女子生徒は俺に質問をすることで、二人きりの空間を作り出し、そのあとに勧誘する……そういう段取りだった。

しかしそのことを理解している理論派の男子生徒が止めに来た。

そんな流れであっていると思うが……。


「はぁ……」

「ちょっと人の研究室でため息つかないでよ」

「でもなぁ……自分の研究室だと、いつ誰がくるか……」

「まぁでも、生徒にもいるわよね。私の時代でさえも、神秘派の生徒と理論派の生徒は争っていたし」

「俺の時はなかったぞ？」

「いやあったわよ。でもエルは破天荒《はてんこう》すぎて気がついてないだけよ」

「そうだったのか？」

「ええ。学生時代も勧誘はあったはずよ。でも今ほど過激じゃないと思うけど……」

「あぁ……そう言えばそうだったかも……」

ふと学生時代を思い出す。

と言っても、在籍《ざいせき》していたのは二年間だったので、思い出すのは容易だった。

確か俺の噂が学院に広まり、天才が現れたとかどうとか騒《さわ》がれた時に、勧誘みたいなものを受けた気がする。

だが当時は今よりもっと研究に打ち込んでいたため、適当にあしらった記憶《きおく》がある。

「学院でさえ、もはや安全区域ではないのか……」

「まぁ時間が解決してくれることを祈《いの》るしかないけど……」

「どうした？　妙に歯切れが悪いが」

「うーん……」

フィーは顎《あご》に手を当てて少しだけ思案する。

そして覚悟《かくご》を決めたのか、フィーは口を開いた。

「実は神秘派が何か計画してるとか、何とか」

「計画って何だ？」

「さぁ……？　でもエルを籠絡《ろうらく》する何かじゃない？」

「マジかよ……まだ諦めないのか……」

「オスカー王子は本当にエルのこと評価してるみたいよ？　貴族間の噂《うわさ》でも広がっているくらいだし」

「具体的には？」

「彼こそ神に等しいとか」

「……」

「神秘派のトップは彼以外考えられないとか」

「……」

「錬金術の開祖の生まれ変わりとか……」

「オッケー。もういい……」

「実はこれでも全体の一部なのよ……」

「マジか……」

「ええ……」

静寂《せいじゃく》がこの場を支配する。

日差しが容赦《ようしゃ》なく室内を照らしつけて、暑く感じるも……。

俺から流れ出る汗《あせ》は、冷《ひ》や汗そのものだった。

「というか、最近は理論派も活発だよな」

「まぁ……神秘派に取られたくないんでしょ？　どちらかと言えば、エルの研究は理論派に近いものだから。謎の仲間意識があるのよ」

「くそ……まさか、農作物への情熱がこんなことになるとは……！」

歯ぎしりをする。

俺は知った。

自分はただ、引きこもって研究をして、最高の農作物を作りたいだけだというのに……。

実際は俺のことを誰《だれ》も放っておいてはくれない。

「まぁここから先は俺がどうにかしよう」

「大丈夫なの？」

「まぁそうだな。フィーに迷惑《めいわく》かけるのも、悪いからな」

「エル……あなた、成長したのね！」

「限界がきたら、キレるけどな。王子であっても、コンクリートに背負い投げする予定だ」

「それはやめてえええええええ！」

ということで、俺はとりあえず自分でどうにかすることに決めるのだった。


「いらっしゃいませー」

授業も全《すべ》て終了し、夕方となった。

俺は自宅の近くの店で買い物をしていた。

みんなが色々と買ってきてくれたものもあるが、それでも自分でもある程度は補充《ほじゅう》しておきたかった。

その最中、俺は神秘派と理論派がやってこないかずっと注意していたが、今の所動きはなし。

流石《さすが》にここまで介入《かいにゅう》してくることはないか。

「以上でいいですか？」

「あぁ」

買うものを店員に差し出すと、俺はその分の金を出す。

「またご利用ください」

そう言って袋《ふくろ》に入った食料を受け取るも、相手の手が放れない。

「いや、離して欲《ほ》しいんだが……」

「あなたは神を信じますか？」

「し、神秘派だとッ⁉」

俺はそう悟《さと》ると買い物袋をその場に置いたまま、駆《か》け出《だ》した。

すると後ろの方から大量の人間が俺を追ってくる。

「神が逃《に》げたぞ！」

「今日こそ神秘派に！」

「絶対に籠絡するわ！」

そんな物騒《ぶっそう》な声は無視。

聞こえていない。

俺は何も聞こえていない。

そう自分に言い聞かせたまま、自宅へとたどり着く。

「はぁ……はぁ……はぁ……」

玄関《げんかん》で座り込むと、俺は汗ばんだ服を乱雑に脱《ぬ》ぎ去っていく。

「……！」

「おぉ……プロト。ありがとう、出迎《でむか》えてくれて……」

「……！」

グッと右手を上げると、俺の足をペシペシ叩《たた》いてくるのでいつものように頭に乗せてやる。

「あぁ……やっぱりプロトは癒《いや》しだなぁ……」

「……！」

頭の上にいながらも、俺の言葉に反応してくれるプロト。

俺の癒しはもはやプロトにしかない。

そして改めて家の中に入ると、すぐにシャワーを浴びにいく。

今は夏も近づいてきて、少し走っただけでもかなり汗ばんでしまう。

俺はプロトを頭に乗せたまま入浴すると、その場で一息つく。

「しかし、どうしたものか……」

俺に対する包囲網《ほういもう》は、完成しているのか、まさか店員にまで変装してくるとは……かなり積極的にきているな……。

と、自分で冷静に分析《ぶんせき》しながらプロトの体を軽く洗ってやる。

「……！」

グッと両手を上げて、喜びを示すプロト。

ふむ……やはりプロトこそが至高の存在だな。

あのアホどもに、この偉大さを示してやりたいところだが……。

あの手の輩《やから》は話など通じないとよくわかったので、そんなことはしない。

そしてプロトと戯《たわむ》れながら、風呂《ふろ》から上がるとタイミングよくインターホンが鳴る。

平日に鳴ることはあまりないので、警戒していたが……。

扉《とびら》の前にいたのはアリスだった。

「アリス、どうかしたのか？」

ドアを開けてそう尋《たず》ねると、彼女《かのじょ》はニコリと微笑む。

「一昨日はちょっと邪魔《じゃま》な人がいたので、今日なら大丈夫かなーと」

「相変わらず黒いな……」

「女の子は不思議な存在なのです！」

「はぁ……」

「ということで、中に入っても？」

「まぁ構わないが」

ということで急にやってきたアリスを室内に入れることにした。

ふと、俺の家って女性ばかりが来るよな……と思った。

そして来るたびに色々と物を置いて行くので、一見すれば俺の家は男性の家とは思えないほどだ。なんか観葉植物とかあるし、アロマ的なものもあるしな。

「夕ご飯、まだですよね？」

「今から作ろうと思っていたところだ」

「じゃあ私がカレーを作りますね」

「まぁ……それなら任せるが」

アリスは鼻歌を歌いながら、そのまま調理に入る。

何気に一人暮らしになってから、誰かに作ってもらうことが多いよなぁ……と思いながら、プロトと遊んでいるとアリスができたというので二人で食事をとることにした。

「ではいただきます」

「はい！　いただいてください！」

「む……！」

「どうですか？」

「うまいな」

「やった！」

「アリスって王女の割にはなんか、庶民的《しよみんてき》なところあるよな。料理できるし」

「今時の女の子はこれくらい当然です」

「そうなのか」

「ええ！」

自信満々に胸を張ってそう答えるので、きっとそうなのだろう。

それにフィーもセレーナも料理が上手《うま》いしきっと真実に違《ちが》いない。

「で、今日は何しにきた？」

「その……」

アリスがただ遊びにきただけではないと、俺はわかっていた。

何かを切り出そうと、さっきからタイミングをうかがっているようだったしな。

「最近、オスカーお兄様に先生のこと、よく聞かれるんです……」

「ほう……」

「なんか好みとか、性格とか、そういうやつを……」

「錬金術《れんきんじゆつ》関連のことじゃないのか？」

「前まではそうでしたけど、今は先生の個人的な情報を集めたいみたいですね」

「なるほど……」

「もちろん、適当に言っておきましたが」

「それは助かるが……」

「でも朝に会っているんですよね？」

「あぁ。いつも他愛《たあい》のない話をして、そのまま去って行く」

「ふむ……まずは世間話でもして、距離《きより》を詰めようとしているとか？　単純接触《せっしょく》効果ってあるじゃないですか？」

「それはあるが、あいつは農作物をバカにした罪がある。接触するたび俺の好感度は、だだ下がりだ」

「あちゃー。それは一番の禁じ手なのに、もうやっているとは……」

「ちなみに神秘派と理論派は俺が農作物のために錬金術を学んでいるとは思っていないようだ」

「先生のことですから、ちゃんと伝えましたよね？」

「あぁ。両方ともに文書にして送った」

「でも信じないと」

「その通りだ」

「まぁ私は先生のことよく知ってますから、わかってますけど。よく知ってますけど！」

「ん？　まぁそうだが」

「大事なことなので、二回言いました。てへぺろ」

この王女、話せば話すほど友達感覚になってしまう。

いや、あえてそうしているのだろうか。

まぁ話しやすいので、俺としては楽でいいのだが。

「でもまぁ……先生のことをよく知らないと無理でしょうねぇ……私も初めは冗談《じょうだん》の類《たぐい》と思っていましたから」

「それが普通の認識《にんしき》か……もう慣れたが、全く面倒《めんどう》だな」

昔はいちいち説明していた時期もあったのだが、もう面倒なのでそうしなくなった。

というよりも錬金術の技術は色々なところに転用している。

ならば、農作物も道理だろう。

だというのに、未《いま》だに頭の固い連中は……神聖視しているからな。

錬金術そのものを……。

「あ！　そうだ！」

「どうした？」

「良い方法を思いつきました！」

「何？　なんだそれは？」

食い気味に尋ねる。

今の俺ならば、どんな方法でもとりあえず試《ため》しておきたかった。

そしてアリスから聞いた方法とは……意外にもまともなものだった。

「ということでどうでしょう？」

「ふむ……試す価値はあるな！」

「でしょう！」

「あぁ！」

テンションの上がる俺たち。

ということで早速《さっそく》翌日からその方法とやらを実行してみることにした。

◇

俺はいつものように自宅を出る。

しかし俺はあることをしている。

それは……。

「ふふ……これならいけるかもしれない」

それは変装だった。

サングラスをかけて、服装もいつもとは違う。

髪《かみ》の毛《け》もわざわざウィッグをかぶって、別の色にしている。

黒髪《くろかみ》にサングラス。

それといつもと違う服装。

完璧《かんぺき》だった。

深夜までアリスと盛り上がったのだが、その成果が確実に出ていた。

「ふふ……」

その成果として、俺は全く誰にも話しかけられない。

思わず漏《も》れてしまう喜びの声を抑える。

灯台下暗しとはこのことか、と俺は思った。

そうだ。話しかけられるのなら、その容姿を変えてしまえば良い。

ごくごく簡単なことに俺は気がつかなかった。

だが今は違う。今の俺は、完璧だった。これならば、あの忌《い》まわしい王子に話しかけられることはあるまい。

そう……思っていた。

「やぁ。今日もいい天気だね。そろそろ夏も本格的になってきたのか、この時間でも少し歩くだけで汗ばむようだ」

「あ……は……？」

ポカーンと呆《ほう》けてしまう。

そう。

俺《おれ》の隣《となり》には、あの王子がいた。

いつものように気候のことから始まる謎の会話を、繰り広《ひろ》げていたのだ。

「おや、どうしたんだい？」

「いや……なぜ、何故《なぜ》俺だと……？」

「神を間違《まちが》えるわけがないだろう？　僕は君という存在を、外見的な要素では把握《はあく》していない。僕は君のその在り方を含《ふく》めて認識しているのだから」

「……」

「それでだけど、最近は道端《みちばた》に咲《さ》いている花にどうにも惹《ひ》かれてね……」

それから俺はオスカー王子が何を話していたのか、よく覚えていない。

「うわっ！　どうしたのエル」

放課後になり、俺の研究室に入ってくるフィー。

「……」

「完全に魂《たましい》が抜《ぬ》けてるわね」

「……」

「で、何があったの？」

「……」

「ふんふん、それで？」

「……」

「なるほど、ね」

ということで、俺は小声でフィーに今回の顛末《てんまつ》を簡潔に話した。

今回の件は自信があったというのに、わけのわからない理屈《りくつ》で看破された。

なんだ？　外見ではなく、在り方を見ている？

奴は特殊《とくしゅ》能力者か何かなのか？

そんなふうに考えて、俺は仕事である授業はこなしたものの、休み時間は完全に呆けていた。

そしてすべての授業が終了し、研究室に戻《もど》ってくるとそのまま俺は机に突《つ》っ伏《ぷ》して……

今に至るという感じだ。

「それにしても、凄《すご》いわね。変装しても見破るなんて……」

「だろう⁉」

ガバッと飛び起きて、その言葉について言及《げんきゅう》する。

「意味がわからない！　神は外見ではなく、その中身で見ているとか意味不明にもほどがある！　それになんの気にする素振《そぶ》りもなく、今日も謎の会話を繰り広げるオスカー王子。もう俺はダメかもしれない」

再び机に頭を置く。

あいつらはやばい。

それを俺は完全に舐《な》めていた。

これから先はどうするべきなのか。

きっと神秘派だけでなく、理論派の勧誘《かんゆう》もさらにくるだろう。

理論派に至っては直接的な勧誘よりも文書でいつも何か送ってくる。

最近は全く目を通さずに捨てているが、それでも面倒なのに違いはない。

「はぁ……俺は平穏《へいおん》な生活を、農作物を愛する生活を送りたいのに……」

「まぁ元気出してよ、エル。愚痴《ぐち》なら私が聞くからさ」

「あぁ……ありがとうフィー」

俺たちはそのまま二人で一緒《いっしょ》に帰ることにした。

その帰り道。

俺は再び錬成痕《れんせいこん》を発見した。

しかし今回はその数がかなり多い気がした。

だからこそ、フィーに注意を促《うなが》そうとするが……。

「フィー、錬成痕だ。もしかすると……」

もしかすると、錬金術が仕込まれているのかもしれない。俺はそう言葉を続けようと思っていたのだが、先に体が反応していた。

「きゃ……っ！」

「ふう……危なかったな……」

「え？　え？」

「遅延《ちえん》性の錬金術だな。しかし俺たちを狙《ねら》い撃《う》ちしたものか……おそらくは、神秘派かそれとも理論派か……いきなり強硬《きょうこう》手段に出てきたのか……」

今の出力、俺がレジストしていなければ確実に二人ともこの場で気絶していただろう。

それは俺が把握する限りだが、体内に電撃《でんげき》を流すものだろう。それに威力《いりょく》は抑《おさ》えてあるものの、何の耐性《たいせい》もない人間が受けてしまえば、病院に運ばれることは確実であろうものだった。

おそらく、そのレベルは白金級《プラチナ》だろう。

そうでなければ、フィーが反応できないはずはなかった。

俺は微《かす》かに残っている錬成痕で気がつくことができたが……フィーと一緒に帰っていてよかった。

「エル……今のって……」

じっと俺を見据《みす》えるようにして、フィーは視線を向けてくる。

俺はそんな彼女に何をいうべきなのか。

「錬金術？　それに、手……血が出てる！」

「ん？　いや少し擦《こす》っただけだ」

レジストした際に、少しだけ壁《かべ》に手を擦ってしまい血が出てきていた。

それを見たフィーは慌《あわ》てて俺の手にハンカチを巻いてくれる。

そんなフィーを見て、別に大丈夫《だいじょうぶ》だと言おうと思ったが……彼女は少しだけ目に涙《なみだ》をためていた。

だからこそ、俺は淡々《たんたん》と、そして簡潔に告げる。

「フィー帰ろう」

「……うん」

俺はフィーの手をぎゅっと握《にぎ》り締《し》めると、急いで家に戻った。


「……」

「……」

二人で黙々《もくもく》と食事をとる。錬金術による攻撃《こうげき》があったのだ。それは明確な敵意というよりも、いい加減俺をどうにかしようという意図が簡単に読み取れた。

おそらく、色よい返事をしない俺を監禁《かんきん》でもするつもりだったのだろうか。

そんなことがあったからこそ、陽気に話す気になどなれない。

しばらく二人で食事をとっていると、フィーがその重い口を開いた。

「その……今日のこと、明日叔父《おじ》さんにいっておくね」

「……」

「そうだな。会長の耳には入れておいた方がいいだろう」

「……」

そうしてまた沈黙《ちんもく》する。

よく見るとフィーの体は少しだけ震《ふる》えていた。

「フィー、お前……」

俺が言葉を最後までいう前に、フィーは俺に向かってこう言った。

「私ね、怖いの。エルが優秀《ゆうしゅう》すぎるせいで誰かに害されるなんて、嫌だよ……だって私は知ってるよ？　ずっと、ずっと、ずっと、エルが頑張ってきたって。なのに、こんな事ってないよッ!!　あれは何ッ!?　仮にエルが気がついていなかったらどうなってたのッ!?　私はね、悔《くや》しいよ。あんな事をする連中がいるなんて、許せない。碧星級の錬金術師《れんきんじゅつし》だからって、エルも一人の人間じゃん。それを無視して、神だのなんだのって……そんなの、ないよ……今まではただ騒いでいるだけだったけど、あれはダメ……絶対に許せない……」

よく見ると、フィーの目からは涙が流れていた。

俺のためにそこまで想《おも》ってくれているなんて……。

「ねえ、エル。今日は一緒にいよ？　私、今日はエルといたい」

「……分かった。今日は泊《と》まるよ」

フィーの隣に住んでいるのだから、別に泊まる必要はない。

普通《ふつう》はそう考えるかもしれない。

だが、俺はフィーの気持ちを尊重した。

一緒にいたいと言われたのだ、滅多《めった》にこんな風に求めないフィーが。

フィーはずっと俺のために色々と頑張ってくれた。

学院で働き始めてからそれがよく分かる。

だからこそ、俺はそんな彼女に報《むく》いたいと思ったのだ。

それに自分のためにこうして涙を流してくれているのに、その要求を拒否《きょひ》するほど俺は冷たい人間ではなかった
それから先は交互《こうご》に風呂に入ってから、床《とこ》についた。

特に会話らしい会話もなく、ただ俺たちは同じベッドに入っている。

「……ねぇ、起きてる？」

「まだ眠《ねむ》くないからな」

ちなみに、俺はソファーで寝《ね》ると言った。

しかし、フィーが嫌《いや》そうな視線を向けるので一緒に寝ることにした。

互《たが》いに背中を向けていて、呼吸の音が間近で聞こえるほどの距離。

でもそれは決して気まずいものではなく、俺はどこか心地《ここち》よかった。今まではリーゼと一緒になることもあったが、それとはまた違った安心感があった。

そしてフィーが布団《ふとん》の中で俺の手をぎゅっと握ってくる。

「これからどうなるんだろう……」

「さぁな。でも、こちらも本格的に対策を立てないとな。おそらくは神秘派の仕業《しわざ》だろう。きっとオスカー王子辺りがしびれを切らしたのかもな。それにしては、だいぶ実力行使的な手段できたが……」

「でも相手は王族だよ？　下手に逆らったら……」

「いざとなったら、この国を出る覚悟もある」

「……そんな、そんな事って……ないよ」

「別に俺の研究は外でもできる。環境的《かんきょうてき》にはこの国が一番いいが、他の国も錬金術が盛んなところはある」

「そうだね……でもね、私はエルがいなくなるのは寂《さび》しいよ」

「……そうだな。俺もフィーと会えなくなるのは寂しいし、家族もいる。それは最終手段だな」

「ねぇ、エルはずっと私のそばにいてよ……嫌だよ……そんなのってないよ……」

ぎゅっと後ろからフィーが抱《だ》きついてくる。

とても小さい体だ。俺はそう思った。

思えば、フィーが頑張《がんば》ってきているのはずっと見てきているので、体以上に精神的に大きく見えた。年齢《ねんれい》も十歳《さい》は離れているし、俺が勝手に思い込んでいただけなのだが。

でも、フィーはこんなにも小さい。

そして震えている。

何歳になっても人はそんなには強くなれない。

互いに支え合って生きているのだ。

俺はそんなことを考えながら、フィーが抱きついてくるのを受け入れた。

そして気がつくと、フィーは寝息《ねいき》を立てていた。

「すぅ……すぅ……すぅ……」

寝返《ねがえ》りを打って、フィーの顔を見ると涙が流れていた。

この間の酔《よ》った時もそうだが、フィーは寂《さみ》しがり屋《や》だ。

ずっと厳しい環境《かんきょう》で育ってきて、天才錬金術師と言われてきた。

友達もあまりいなく、孤立《こりつ》していたと会長にも聞いたことがある。

その時は、あのフィーに限ってそんなことはないと思っていた。

社交的で、外交的、それに真面目《まじめ》でしっかりとしている。

俺の学生時代の印象はそれだ。

だが、同じ学院で働くようになって、フィーの苦労がよく分かってきたし、ずっと一人で働いているのも知っている。

だからこそ、俺がフィーの支えになる必要がある。

フィーが結婚《けっこん》相手を見つけて、俺が必要でなくなる日まで俺はずっとフィーのそばにいよう。

そんなことを考えて、眠りについた。

その晩はよく眠れた。前日の不眠《ふみん》が嘘《うそ》のように眠れた。

そして夢の中で、農作物を世界中に売っている自分の姿を見た。

あれが未来の俺だ。俺は絶対にあの場所にたどり着くのだ。

たとえ、どのような障害があったとしても……。

第五章　思いがけない急展開

俺とフィーは協会にやってきていた。

もちろん、昨日のことを会長に伝えるためだ。

「叔父さん、その実は……」

そう言ってフィーが昨日の件をざっと話し始める。

それを聞いた会長は頭を押さえる。

「……そこまでしてきたか……こちらも対策を……あぁ。そういえば、こんなものを知っているかい？」

「「これは……？」」

俺とフィーが見たことのないものだった。

四角くて小さな黒い塊《かたまり》。一見すると虫に見えるが、そうではないようだった。

「これは迷宮《めいきゅう》から採掘《さいくつ》されたロストテクノロジーの一つ。なんでも半径五メートル以内の音を拾って、伝えることができるらしい。技術体系としては、錬金術とは異なるものだ」

「へぇ……興味深いですね」

そう言って俺はじっとその物体を見つめる。

うん。

少し見れば、俺はそれが錬成物《れんせい》かどうかわかるが、これは全くの別物だ。

一体どういう技術体系が……。

そう思っていると、会長はそこから思いがけないことを口にする。

「実はこれ、もう一つあったんだよ」

「あった……?」

「でも、運ぶ途中《とちゅう》でもう一つは盗《ぬす》まれたらしい……」

「ぬ、盗まれた……?」

「そこで一つ考えがある。これ、君たちの体についていないかい?」

まさか。

と思って俺は体を探《さぐ》って見る。

だが何もない。

あのような物体は何もなかった。

「なぁ、フィー。お前も何もないだ……ろ……?」

「えぇぇぇぇぇぇぇ。あったよぉ……」

フィーはスーツの内側のポケットから小さな黒い物体を取り出す。

そしてそれは間違いなく、この机の上にあるものと同じだった。

「はぁ……念《ねん》の為《ため》に確認《かくにん》して見たが、やはりか。オスカー王子にも困ったものだ……」

「ねぇ……ちょっと待って。これって私の私生活が丸聞こえだった……ってこと？」

サァーッとフィーのやつが青ざめる。

確かに言われてみれば、音だけでも結構な情報になる。俺とフィーの会話はほぼ筒抜《つつぬ》けだと言ってもいいだろう。

「やだ……もしかして、あの時の会話も？　まさか、あの時のも!?　くうううううううううう、なんで私ばっかりがこんな目にッ!!　もう、今回ばかりは許せないッ!!　こんなのプライバシーの侵害《しんがい》よッ!!　王族と言ってもこれはダメでしょ!!」

ドタバタと地団駄《じだんだ》を踏《ふ》んでキレるフィー。

うん、久しぶりに見たな。このキレ具合は……。

しかしフィーには本当に同情する。ただでさえ、最近は俺の方の件もあり色々と忙《いそが》しいというのに、こんなことをされていればキレるのも当然だろう。それにフィーは女性だ。色々と聞かれたく無い音なども日常的にあるだろう。だというのに、盗聴《とうちょう》などされていればショックを受けるのは至極《しごく》当然。

まぁ、今のフィーはショックよりも怒《いか》りの方で大変みたいだが……。

「エルくん。それともう一つ確認したい。これはかなり極秘《ごくひ》の情報なのだけれど、プロトは今工房《こうぼう》に？」

「はい。いますよ」

「それって今確認できるかい？」

「まぁ、錬金術のパスは繋《つな》いでるんでわかります……け……ど？」

俺は第一質料《プリママテリア》を辿《たど》って、プロトの痕跡《こんせき》を探す。

いつもなら造作もない作業。十秒以下で終わるものだ。

だがしかし、繋がらない。プロトとのパスが繋がらないのだ。

「は？　プロトがいない？」

「……やはりか。オスカー王子がプロトを攫《さら》う。これも間違いない情報だったか……実は神秘派の中に部下を入れていてね。先ほど連絡《れんらく》があったのだが……遅《おそ》かったか……」

「プロト……プロト……」

プロトが誘拐《ゆうかい》？　俺はずっとプロトと一緒だった。

健《すこ》やかなるときも、病《や》めるときも、喜びのときも、悲しみのときも、富めるときも、貧しいときも、プロトを愛し、プロトを敬い、プロトを慰め、プロトを助け、その命ある限り、真心を尽《つ》くすことを誓《ちか》ったというのに……あいつらは俺からプロトを奪《うば》い去ったのか？

自分たちの欲望のために、俺のプロトを……？

今までは寛大《かんだい》な心で許してきた。

学生時代の俺ならば、確実にどこかでキレていた。

しかし俺も卒業したことによって、学生ではなくなり、それなりの振《ふ》る舞《ま》いというものが必要だとわかった。だからこそ、神秘派と理論派による嫌がらせとも思えるものに耐《た》えてきたのだ。耐えて、耐えて、耐えてきた。

だというのに、プロトを攫ったんだと？　そんなことがあり得ていいのか？

否《いや》。

そんなことはあってはならない。

きっとプロトは不安がっている。あいつは人懐《ひとなつ》っこいが、実際は初対面の相手には人見知りだ。それにプロトの体はデリケートなのだ。奴《やつ》らはそんなプロトを乱暴に扱《あつか》っているかもしれない。

教えてやろう。俺を本気で怒《おこ》らせてしまったら……。

どうなってしまうかを‼

俺を誰《だれ》だと思っている？

史上最高の天才錬金術師と評されており、史上最年少にて碧星級《ブルーステラ》にたどり着いた錬金術師だぞ？　つまり、奴らに待っているのは不可避《ふかひ》の死。

フハハ！

今までの鬱憤《うっぷん》晴らさせてもらおう！

「フィーッ！　王城に殴《なぐ》り込みだッ！」

「おうよッ！　かましてやるわッ！　私たちの錬金術はこの時のためにあるのよッ‼」

「はぁー……ま、そうなるか。とりあえず、証拠《しょうこ》はあるからいいけど……派手にやりすぎないように。幸運を祈《いの》るよ」

会長がそういうと、俺たちは早速王城に向かった。

「王族がなんぼのもんじゃーい！」

「なんぼのもんじゃーい！」

もはや、俺とフィーの気持ちは同じだった。

◇

「頼《たの》もー！　頼もー！　王城破りに来たぞッ！」

「そうだ！　そうだ！　開けろー！　私たちを中に入れろー！」

王城の正門前で俺たちは騒《さわ》ぎ立《た》てる。

それはもうお祭り騒ぎだ。

俺だけではない。

フィーもまた、完全に怒りに支配されている。

でもこれでよかった。

これぐらいの怒りでなければ、王城に殴り込みなどできないからな！

フハハ！

もし冷静だったならばこんなことはできないだろう。

俺だったならばまだしも、フィーのやつがこんな行動をとるとは……普通はあり得ない。

だがしかし、奴は俺たちにとっての、越《こ》えてはいけない一線を越えた。

俺にとってプロトは全《すべ》てだった。

それを自分たちの私利私欲のために奪う……だと？

そんなものは許されるわけがない。

そしてフィーもまた、自分のプライバシーを侵害されて激怒《げきど》している。

もはやこれは俺たちの祭りだ。

王城破りという偉業《いぎょう》を、俺たちは成《な》し遂《と》げるのだ！

フハハ！

「出てこーい！」

「中に入れろー！」

「お前たちは完全に包囲されている！」

「そうだ！　そうだ！　私たちを中に入れろー！」

二人で拡声器を持って、そんな声を上げる。

そうして二人で大騒《おおさわ》ぎをしていると、中から以前と同じメイドが出てくる。

「……オスカー王子は中でお待ちです」

「はははははは！　血祭りにしてくれるわッ！」

「私のプライバシーを侵害したことを、後悔《こうかい》させてやるわ……」

焦点《しょうてん》の合わない目のまま、俺たちはそのまま王座へと案内された。

「やぁ……待っていたよ。エルウィード・ウィリスくん」

その王座にはなぜか、オスカー王子が座《すわ》っていた。確か昨日は王が遠征《えんせい》でいなくなると言っていたが、別にオスカー王子が正当な後継者《こうけいしゃ》でもないのに……あの態度はなんだ？

舐めているのか？

いや、奴があそこにいる時点で、俺たちのことを軽視しているのは間違い無《な》いだろう。今まで下手に出ていると思いきや……本性《ほんしょう》はあれか……。

奴は許しはしない。

絶対に、絶対にだッ！

「……なぜ俺たちがここに来たのか、分かっているよな？」

「もちろん、こいつのためだろう？　それとアルスフィーラはこれかな？」

そういうとオスカーの野郎《やろう》は玉座から立ち上がり、プロトを右手に、盗聴器《とうちょうき》を左手に出して来た。

よく見ると、奴の爪《つめ》がプロトの柔肌《やわはだ》に食い込んでいた。

俺はそれを見ると、さらに怒号《どごう》をあげる。

「……貴様あああああッ！　プロトの体は繊細《せんさい》なものだ！　いいか、プロトに怪我《けが》でもさせてみろ、貴様の命はないと思えッ！」

「ふふふ……僕《ぼく》のアプローチをあれだけ無視していたんだ。当然の報いだと思わないかい？　ほーら暴れているよ。ふふふ……」

クソ王子の手の中で、プロトがジタバタと暴れている。

その度に、プロトの体に小さな傷がついてしまう。

「き、貴様ああああああああああ！　いいか、絶対にお前のことは許しはしないッ！　絶対にだッ！」

あぁ……プロト、かわいそうに……すぐに解放してやるからな。

ギリギリと自分の手を握りしめ、歯を食いしばる。

そして俺の両手からはあまりにも強く握りしめたからか、爪が完全に皮膚《ひふ》に食い込んでしまい、血がポタ、ポタポタポタポタと地面に滴《したた》る。

これは俺の怒りの血だ。

痛みなど感じはしない。

ただただ、プロトのことを心配し、あのクソ王子への怒りに俺は完全に支配されていた。

「わーお。怖《こわ》いね。君がこれにご執心《しゅうしん》なのはどうやら、本当なようだ。それにアルスフィーラとずっとその話をしていたしね。あ！　そういえば、君たちは恋人《こいびと》なのかい？　随分《ずいぶん》とあまーい生活をしているようだけど」

「あれはフィーが酔っていただけだ」

俺がそう淡々と事実を告げるとフィーは奇声《きせい》を上げ始める。

「いやああッ‼　もう嫌だああッ‼　殺す、あいつを殺して、私も死ぬわああああッ‼」

フィーが大声を上げた。

でもまぁ、あの痴態《ちたい》を聞かれるのは流石《さすが》に応《こた》えるだろう。

俺がフィーの立場なら、まぁ……こうなるのかもしれない。

フィーには同情するが、今はこのアホをどうにかしなければならない。

どれだけ強気に出ても、今は人質《ひとじち》を取られている状態。

「とりあえず、この人参《にんじん》を返して欲《ほ》しければ僕の軍門に降るといい。その時には呪縛《カース》もかけさせてもらうけどね」

この人参……だと？

先ほどからプロトに対する扱いといい。

この発言といい。

真から腐《くさ》りきっているようだな、このクソ王子は。

しかし、あまり怒りに支配されていてもこの問題は解決しない。

このアホをボコるのはすでに確定しているが、ここは持っていきかたも重要だ。

しかし、こいつが提案してきたのは中々に面倒なものだった。

「……呪縛《カース》か」

呪縛。
それは奴隷制《どれいせい》があった時代に使われていた錬金術《れんきんじゅつ》。
相手の支配権を奪い、意のままに操《あやつ》るものだ。
あれはすでに滅《ほろ》びた技術だが、まだ使えるものがいたのか。
と、冷静に分析《ぶんせき》した上で俺はすぐに言葉を告げる。
「……分かった。取引に応じよう」
ノータイムですぐに言葉を紡《つむ》ぐ。
悩《なや》む暇《ひま》などなかった。
今はただ、早くプロトを解放してやらねば。
プロトは人見知りなのだ。
それなのに、あのアホに捕《と》らえられてしまい、粗雑《そざつ》に扱われている。
あの肌《はだ》はとても繊細だというのに、爪を立てるという大罪も犯《おか》している。
本来ならば、その存在ごと抹消《まっしょう》しているのだが……。
今はプロトのためにぐっと堪える。
「エルッ！　それはッ……！」
「……大丈夫だ」

ボソッとそういうと、俺はアホ王子こと、オスカーの下へ向かう。

王座に向かう途中、何十人、いや……よく見ると百人近い錬金術師が待機していた。

なるほど、神秘派の連中か。

レベルとしては……金級《ゴールド》がメインで、中には白金級《プラチナ》の錬金術師もいるようだ。

それは胸にあるバッジを見れば、明らかだった。

「先にプロトを返せ」

「それはできない。同時にしよう」

「……分かった」

俺は右腕《みぎうで》を袖をまくって差し出す。

そしてオスカーが呪縛の錬成陣《れんせいじん》を刻んだ瞬間《しゅんかん》に、俺の手にはプロトが戻ってきていた。

「……！」

ぐっと右手をいつものようにあげようとするも、一瞬《いっしゅん》でシュンとなってしまう。

あぁ……かわいそうに怖かったんだな……。

俺に大丈夫だよ、と示したいのだろうが、すぐに落ち込んでしまう。

こんなプロトは見たことがないし、見たくもなかった。

かわいそうに……ただただ、同情した。

体には爪を立てられた痕もあり、ただただ嘆《なげ》いた。

その一方で、アホ王子は俺に呪縛をかけたことが嬉《うれ》しかったのか、歓喜《かんき》の声を上げる。

「ははは……はははははははは!!　これでこの王国は僕のものだッ！　碧星級の錬金術師も僕の手に堕《お》ちた！　あぁ……神よ、僕は、僕は……やりましたよ！」

そう叫《さけ》ぶオスカー。

そしてこのアホは早速《さっそく》、呪縛を使おうとする。

「ふふふ。じゃあ、早速、呪縛を使おう。エルウィード・ウィリス。アルスフィーラを痛めつけろ。殺す必要はない。だが、その女の反発は中々に面倒《めんどう》だった。やれッ！」

そう言われた瞬間、俺は黙《だま》ってゆっくりとフィーに近づいていく。

「う……嘘だよね？　え、エルは私のことも大切だよね？　ねぇ……？　そうだよね？」

プルプルと子鹿《こじか》のように震えるフィー。

そして俺はフィーに近づいていくと、そのまま右手を振り上《あ》げた。

「ひっ!!　って、え？」

「プロトを頼む。俺《おれ》はあのクソ王子に用事がある」

「う……うん」

優《やさ》しく、とても優しくプロトをフィーに渡《わた》すと、俺はオスカーの元に戻っていく。

「ば……バカな!!?　呪縛が効いていない!?　白金級の錬金術師でさえ逆らえないものだぞッ！」

まるで理解できないと言わんばかりの表情をするオスカー。

こいつはバカなのか？

サンプルが白金級の錬金術師だけで、どうして碧星級の俺が抑《おさ》え込めると言うのだ？

こんなものはプロトの研究の初期段階のさらに下、下の下だ。

こんな粗末《そまつ》な錬成陣など秒でレジストできる。

俺にとっては、造作もないことだ。

そして右腕に残っている錬成陣を改めてかき消すと、そのまま黙ってオスカーの下へと近づいていく。

「お、お前ら止めろッ！　こいつを僕に近づけさせるなッ!!」

オスカーがそう言うと、百人近い錬金術師が俺に錬金術を放ってくる。

だがそれは、お粗末すぎる。

錬成陣を一から組んでいては遅い。

圧倒的《あっとうてき》に遅い。

俺はスッと右手を横に薙《な》ぐと、俺を中心にして氷の領域が広がっていく。

そして有象無象《うぞうむぞう》どもの足だけでなく、手も凍《こお》らせていく。

「は……はぁ!?　白金級と金級の錬金術師だぞ!?　それを一瞬で……!?」

そう声を上げるオスカー。

そして、さらに残っている錬金術師たちが、俺に向かって攻撃を放ってくるも……錬成陣を構築させる暇など与《あた》えない。

俺は一人一人の錬成陣の構成を認識《にんしき》すると、それを一気に無効化していく。

「な!?」

「はぁ……!?」

「れ、錬成陣がっ!?」

「バカな、この数だぞ!?」

「碧星級といえども、この数の上位錬金術師をどうにかできるわけがない!!」

「そうだ、怯《ひる》むな！」

「物量で押せ!!」

そう声を上げる有象無象たち。

ふむ……どうやら、こいつたちは理解していないようだな。

「あ……は、あ？」

「何……どうなっている……!?」

「ひ、ヒィいいいいいいいい！」

そのことごとくの錬成陣を無効化していくと、俺はそれを踏み台《だい》にして、その発動者の手を一気に凍らせていく。

錬成陣なしで錬金術を行使できない奴は、こうして手を封《ふう》じてしまえばどうということはない。

ゆっくりと歩きながら、その作業とも言える行動を続けていく。

中には逃《に》げ出《だ》す者もいたが、逃《のが》すわけはない。

俺はノータイムで錬金術を構築し続ける。

「ば、化け物だあああああ！」

「に、逃げろおおおおおお！」

「う、うわあああああああ！」

「聞いていない！　碧星級がここまでとは、聞いていない！」

上位錬金術師だから、妙《みょう》な自信でもあったのか。

しかしこいつらは理解していない。

それこそ、白金級と碧星級の差はたった一階級しかない。

でもそれは、他の階級の一つの差とは明確に違《ちが》う。

そんな当然のことを理解していなかったのだ。

「教えてやろう。碧星級の錬金術師の実力を。お前たちでは足元にも及《およ》ばないということを、その心に刻み込んでやる……」

本気になった俺の錬金術は、それこそ全ての構築を一秒以下で行う。

一から錬成陣を描《えが》いている奴らとは、格が違うのだ。

前情報はあっただろうに、数があればどうにかなるとでも思っていたのだろう。

「どうした、どうしたッ！　そんなものかッ！」

相手も自棄《やけ》になっているのか、ただ無秩序《むちつじょ》な攻撃を繰《く》り返《かえ》してくる。それこそ、ただ錬金術を発動しただけのような攻撃。

「う、うわああああああ！」

「に、逃げろおおおお！」

「敵《かな》うわけがない！　化物すぎるッ！」

最後まで抵抗《ていこう》していた奴らもまた、一気に背中を見せて逃げだそうとするが……。

「……逃すわけがないだろう？」

俺は次の瞬間、錬金術を同時並行《マルチ》に展開した。通常の錬金術師は、このような芸当はできない。しかし元素理論《げんそりろん》を完全に理解し、錬成陣すら必要ない俺にとって複数の錬金術を同時並行させて発動させることなど……朝飯前だ。

「な、なんだこれは⁉」

「ひ、ひいいいいっ！」

「う、動けないっ！」

「た、助けてくれええええええっ！」

阿鼻叫喚《あびきようかん》。

俺は錬金術により、植物を錬成するとそれを相手に絡み付《つ》ける。もちろん、動けない上に錬金術も発動できないように、第一質料を吸収するようにしてある。

「ふ、他愛《たあい》ないな……」

そうして俺はこいつらの心に刻み込む。

碧星級の錬金術師である、エルウィード・ウィリスを怒らせるとどうなるのか。

史上最高の天才錬金術師と評されている俺に逆らえば、どうなるのか。

その心に、恐怖《きようふ》という形で、二度と逆らえないように刻み込む。

「う、うわあ……あああ……お、お前らああ！　どうした、早く！　早くどうにかしろおおおおおおお！」

このアホは俺の実力を履《は》き違えていた。

まぁそれも仕方ない。

俺の業績は研究成果であって、戦闘力《せんとうりょく》ではない。

それに俺の強さを知っているのは限られているし、そこまで調べようと考えていなかったのだろう。

碧星級の名前の印象が強すぎたんだな。

それにしても、俺がお前ならもう少し準備するぞ。

呪縛をかければ勝ちと思ったんだな、間抜《まぬ》けめ。

そして俺はゆっくりと歩みを進めた末に、オスカー王子の眼《め》の前にやってくる。

「なぁ……どう落とし前つけるんだ？　あ？」

「ひ！　ヒィィィいいいい!!　ぼ、僕じゃない！　そ、そいつらがやれって！　僕は悪くない！　悪くないんだあああああ！」

「見苦しいなぁ……おい。仮にも王子なら、毅然《きぜん》とした態度で応じろよ。なぁ？」

「ひいいいいい！　冷たい！　冷たいぃぃぃいいい！」

じわじわと足の方から凍らせていく。

そしてそれを一旦《いったん》止めると、俺はニヤァと笑って再び話し始める。

「なぁ、四肢《しし》だけ凍らせて……少しずつ削《けず》ってやろうか？　俺も人間を凍らせて削ったことはなくてなぁ……いやぁ、どうなるんだろうなぁ……でも、プロトはもっと怖かったはずだ。わかるか？　あいつはデリケートなんだ。人見知りなんだ。それをあんな風に扱って、無事に済むと思っているのか？　あ？」

「ひいいい！　それだけは！　それだけは！　そ、それに俺は王族だぞ⁉　何かあったら……！」

「俺がそれに屈《くっ》すると思うか？　お前はプロトを奪った時点で、犯罪者だ。罪には罰《ばつ》を……だろ？　王族が裁かれないという法は存在しない。この王国に住んでいる時点で、法は万人《ばんにん》に適用されるに決まっているだろう？　そんなこともわからないのか？　この阿呆《あほう》め……」

俺が本気の目をしてじっと見つめると、オスカーの顔はさらに青ざめる。

やっと俺が本気だと理解したか。アホ王子め。

「さぁ……後、何秒かな〜？　四肢が凍りつくまでさぁ……」

「ヒィイイイ。もうしません、ごめんなさああああああああああいッ！」

間抜けな声が響《ひび》き渡ると、後ろの扉《とびら》が開く。

そしてそこにいたのは、なんと……王とアリスだった。

「オスカーお兄様ってば、泳がせてみれば早速これですか。はぁ……哀《あわ》れな……」

「お、お父様……」

オスカーは去っているはずの王を見て目を見開く。

「オスカー。だから言っただろう、ものには限度があると。碧星級の錬金術師《れんきんじゅつし》を怒らせるとは、バカな息子《むすこ》だ……エルウィード・ウィリス殿《どの》。それに、アルスフィーラ・メディス殿。この度はうちの息子がすまない……罰は私が与えよう、今日のところはこれで許してもらえないだろうか？　本当に申し訳なかった」

「……分かりました。王がそう言うのであれば……」

俺は自分の錬金術を全て解除する。

するとその場にはパラパラとまるで雪のように、砕《くだ》け散《ち》った氷のカケラが宙に舞う。

そして、俺はフィーからプロトを受け取ると、いつものように頭の上に乗せてやる。

プロトも定位置に来て落ち着いたのか、俺の頭を何度もペシペシと叩《たた》いてくる。

ふぅ……これがいつも通りのプロトだ。

よかった。本当に……よかった。

「先生、またお会いしましょう？」

アリスがそう言うので、俺はニコリと微笑《ほほえ》んでおいた。

まぁプロトが戻《もど》ってきて、あのアホが裁かれるのだ。もういいだろう。
ということで、今回の件はなんとか収束を迎《むか》えるのだった。

エピローグ　史上最高の天才錬金術師はまだまだ引退できない

後日談、と言うかあのアホの末路はあれから翌日の協会で会長に聞いた。

「オスカー王子は王位継承権《けいしょうけん》を剥奪《はくだつ》。それと禁固刑《きんこけい》一ヶ月《かげつ》だそうだ。それにエルくんとフィーには個別の謝罪もあるらしい。不満はあるかと、王が言っていたけど？」

「いえ別に……もう終わったことですし」

「私は一発くらい殴りたかったけど、まぁエルがやってくれたのでいいです」

「そうか……それで本題なのだが」

会長が何やらごそごそと机から一枚の紙をだす。

俺とフィーはそれを見て、他にも何かあるのだろうかと思う。

これ以上の用事はこちらにはないはずだが？

「エルウィード・ウィリスとアルスフィーラ・メディスに協会からの依頼《いらい》だ。第六迷宮の攻略《こうりゃく》を頼みたい」

「第六迷宮、ですか……？」

第六迷宮。

それはカノヴァリア王国の近くにある迷宮だ。

だがしかし、それをなぜ俺たちが……？

そう考えていると隣《となり》でフィーが震《ふる》えていた。

あぁ、そうか。第六迷宮といえば……。

「だ、第六迷宮？　い、いやあああああああッ！　あの迷宮にだけは関《かか》わりたくないいいいいいいいいッ！　お許しおおおッ！」

大声を上げるフィー。

そう、第六迷宮は別名……蜘蛛《くも》の迷宮と呼ばれているのだ。

「ま、待って！　冷静になって！　第六迷宮はやばいでしょう？」

「何がだ？」

フィーが早口で一気にまくし立ててくるので、俺は冷静に対応する。

「いやいやいやいや！　知ってるでしょ!?　蜘蛛よ！　蜘蛛！」

「まぁ知っているが」

「いや、エルって見たことある？　あの迷宮にいる蜘蛛はねぇ……でかいのよ！」

「どれくらいだ？」

「個体にもよるけど、人間の数倍はあるわね」

「なんだ。その程度か。フィーがあまりにも騒ぐから、建物くらいあるかと思ったが」

「そんなの想像させないで！　というか叔父《おじ》さんも何か言ってよぉ！」

「ははは……まぁ、これは正式な依頼というか決定なのだが……フィーのことはいいとして、エルくん。君はどうだい？」

「ふむ……」

顎《あご》に手を当てて、思考に耽《ふけ》る。

「正直なところ、全く興味がありませんが」

「そ！　そうよね！　興味ないよね！　もう、叔父さんってば……エルがこういう人間なのは知っているでしょう？　適材適所っていう言葉があるんだから」

フィーがホッとした様子で、そう語っているとそれを遮《さえぎ》るようにして、会長が口を開く。

「そういうのは承知だが……実は迷宮《めいきゅう》に存在しているロストテクノロジーだが、解明すると錬金術の成り立ちそのものが分かるかもしれない。もちろん、君の目的が真理探究ではないと知っている。でも……錬金術を追究することは、君の研究にも役立つのでは？」

「ふむ……」

再び考えてみる。

確かに、錬金術を追究するのは俺としては望《のぞ》むところだ。

まだ農作物に対する錬金術のアプローチはさらなるバリエーションを増やしたいと思っているしな。

「エル⁉　そんな甘言《かんげん》に惑《まど》わされちゃダメよ！」

「……」

「エル⁉　聞いてるの⁉　ねぇってば！」

ロストテクノロジーか。

あのアホ王子が持っていたのも、錬金術とは別体系の代物《しろもの》だった。

もしかすると、それらも俺のプロジェクトに必要になるかもしれない。

「そして実は……第六迷宮の近くにあるエルフの村だけど、実は農作物が美味《おい》しいんだ。ついでに行ってみてもいいかもね」

エルフの村の農作物か……確か、以前それを口にしたことがあるが、なかなかに美味《うま》かった記憶《きおく》がある。もしかすると、まだ俺の知らない農作物が現地にはあるのかもしれない。

俺は今まで、王国内での活動をメインにしていたが……今となっては、その意識をもう少し外に向けるのも悪くはないだろう。

それに農業に応用できる錬金術が、エルフの村や迷宮で発見できるかもしれない。何事も、行動あってこそだろう。

　ということで俺は、すぐに返答した。

「行きましょう」

「え、エル⁉」

「確かに会長のお言葉も一理あります。錬金術の追究は、俺のプロジェクトにも大いに関係があります。それに品種改良の技術もまだまだ拙《つたな》い面があります。ちなみに、迷宮で研究に役立つものを見つけたら？」

「それは先に分析しても構わないよ。こちらにデータは回して欲しいけど」

「わかりました。では、行ってきましょう。それにエルフの村の農作物も、リサーチする必要がありますからね。出張費は出るのですか？」

「もちろん。協会で受け持つよ」

「そうですか。ということで、フィー。第六迷宮に行くぞ」

「い、いやあああああ！　どうしてこうなるのおおおおおおお！」

　ということで、俺たちは第六迷宮に向かうことになるのだった。

◇

「で、先生は迷宮に行くんですか？」

「あぁ」

昼休み。

アリスと二人で、いつものように屋上で食事をとる。

「あ、それとこの度はご迷惑《めいわく》をかけたようで……」

「いや別に気にするな。謝罪はすでに済んでいるからな」

あの後。

俺とフィーは改めて王城に行くと、そこで王とあのアホ王子に謝罪をされた。

もちろんあのアホ王子は頭を丸めて、土下座をして謝《あやま》ってきた。

おそらく、かなり絞《しぼ》られたのだろう。

それにしばらくは禁固刑ということで、かなり厳しく処罰《しょばつ》されるらしい。

神秘派は解体されることはないらしいが、しばらくは活動自粛《じしゅく》。

それと神秘派と理論派共に、過剰《かじょう》な勧誘《かんゆう》はしてはならないと釘《くぎ》を刺《さ》されたらしい。今の俺のところに、変な勧誘は全く来ていない。

噂《うわさ》では、碧星級《ブルーステラ》が大暴れして、オスカー王子を含《ふく》めて高位の錬金術師を血祭りにあげたとか、半殺しにしたとか、色々と尾《お》ひれがついて広まっているようだった。

「でも迷宮に行くと授業とか大丈夫《だいじょうぶ》なんですか？」

「まぁ俺は常勤じゃないからな。それに向かうのはフィーの予定もあるから、主に土日に行く予定だ。本格的に攻略するつもりでもないしな」

「なるほど。でもフィーと二人きりですか？」

「ん？　まぁ迷宮だしな。並みの錬金術師ではついてこれないだろう」

「ふーん。そうですか」

「どうした？」

「別に。なんでもないですよ？」

にこりと微笑むアリスの顔は、まぁ……どちらかといえば可愛《かわい》い部類に入るのだが……どうしてこうも謎《なぞ》の圧があるのだろうか。

「それでどうして迷宮に行くんですか？」

「あぁ。会長にも言われたが、実は……迷宮にはロストテクノロジーがあってな」

「ロストテクノロジーですか？」

「あぁ。知っているか？」

「名前だけですね」

アリスがそういうので、俺はざっとその概要《がいよう》を説明する。

「この世界に迷宮があるのは知っているだろう？」

「まぁ。七つですよね？」

「そうだ。でもその成り立ちは不明。それにそれは錬金術で構築されたものではない。さらには、この間の攻略によって明らかに錬金術では生まれない特殊《とくしゅ》なモノが発見された」

「それがロストテクノロジーですか？」

「そうだ。現代の錬金術では再現できない。だというのに、はるか昔から存在しているものだ。ちなみに迷宮自体もロストテクノロジーらしい」

「へぇ～。さすが先生ですね。で、それと農作物になんの関係が？」

「ふ……流石はアリス。俺のことをよくわかっている」

「えっへん！　私は先生のことならなんでも知ってますから！」

胸を張りながらそういうアリス。

こいつとの付き合いは割と長い方だが……昔に比べれば本当に明るくなったな……と、そう思うも今は会話を続けないとな。

「で、だ。話を戻そう。ロストテクノロジーには、錬金術を解明する可能性がある」

「あ！　ピンと来ました！」

「なんだ？」

「錬金術をより極《きわ》めることで、農作物に対するアプローチを増やしたい……とか？」

「パーフェクトだ」

「やった！　先生検定一級ですかね⁉」

「なんだそれは……」

実際に俺の研究は少し行《い》き詰《づ》まっているところがある。

錬金術は今の俺であっても、まだ不明なところが多い。

碧星級の錬金術師とはいえ、まだ分からないことはある。

そもそも勘違《かんちが》いしている奴《やつ》も多いが、別に碧星級という称号《しょうごう》は万能《ばんのう》の証《あかし》ではない。ただこの世界の人間の中では、一番錬金術を理解しているということに過ぎない。

つまりは、人間がまだたどり着いていない場所が錬金術にはあるということだ。

俺はその歴史を百年は先取りしたとか言われているが、そんな功績はどうだっていい。

俺の目的はただ一つ。

世界最高の農家になる。

それだけが俺の目的である。錬金術はその手段に過ぎない。

だがまぁ……俺もただ自由奔放《じゆうほんぽう》に生きればいいというわけでもないと理解した。だから、少しはこの世界にも貢献《こうけん》しようと……そんな風に思った。

「先生？　笑ってますけど、どうしましたか？」

「いや別に。なんでもないさ」

パンパンとズボンについた土埃《つちぼこり》を払《はら》うと、俺はスッと立ち上がる。

今日もいい天気だ。

もう暖かくなってきて、長袖《ながそで》では暑いくらいだ。

隣にいるアリスはまだ長袖を着ているが、俺はもう半袖《はんそで》に衣替《ころもが》えをした。

「いい天気ですね」

「お前、俺の心を読むなよ」

「え？　あたりですか？」

「まぁな」

「ふふーん！　これは先生検定一級なのは間違《まちが》い無いですね！」

「まぁ……お前が名乗りたいなら勝手にしてくれ」

「ということで、頭を撫《な》でてください！」

「は？」

「お願いします！」

と、頭をずいっとこちらに寄せてくるアリス。

別に拒否《きょひ》してもいいのだが、後々それは面倒なことになる。

それに撫でるだけなら、そんなに手間でも無い。

「ほら」

「ふおおおおおお！」

謎の声をあげ、うっとりとしてる様子だが、その瞬間バンッと屋上の扉が開く。

「エル！　ここにいた！　私はまだ納得《なっとく》してないからね！　それに連れて行くなら、別の人でもいいじゃん！」

「いや俺はフィーを一番信頼《しんらい》している。他の錬金術師だと困る」

「う……ぐぬぬ……」

「ちょっとフィー！　今いいところなんだから！　あなたは戻って！　ほら、しっしっ！」

「こ、この王女～！」

そうしてズカズカと大股《おおまた》で近づいてくると、フィーは俺の腕《うで》をぐいっと引っ張ってくるも、アリスも負けじとそれに抵抗する。

「ちょっと！　離《はな》しなさいよ！」

「嫌《いや》です！　先生は連れて行かせません！」

そうして二人はいつものように、大声で喧嘩《けんか》を始める。
まぁこの二人が揃《そろ》った時点でこうなることはある程度は予想していた。
そして俺は、二人の声を適当に聞き流しながら、改めてこの晴《は》れ渡った空を見上げる。
うん。今日もいい日差しだ。
きっと農作物もいい感じに育つだろうと――。
そう思った。

あとがき

初めまして。御子柴奈々《みこしばなな》と申します。

このたびは、星の数ほどある作品の中から本作、『史上最高の天才錬金術師はそろそろ引退したい』をご購入いただき、さらに最後までお読みいただきありがとうございます。少しでも本作を楽しんでもらえたのなら、作者としてこれ以上嬉しいことはありません。

また本作は、ＨＪネット小説大賞２０１９を受賞した作品であり、本当に受賞が決定した時は嬉しかったのを覚えています。それまでもずっとネット上では書いていたのですが、何かの賞に応募はし続けるも落選ばかりでした。

趣味で続けていたので、どこか言い訳めいたものもありました。自分は本気では書いてないから、時間がないから、などと自分を正当化する言い訳を探していましたが、やはり心に違和感が残っていたのは間違いありませんでした。

時々、自分がこれ以上書く必要はないのでは……と思う時もありましたが、やはり書くことが好きということで書くのをやめることはなかったですね。まぁ、更新を半年以上サボってしまう時などもありましたが……（汗。また友人にも励まされて、何とか続けることができました。本当にいろいろな人の助けがあったからこそですね。

そうして書き続けた果てに受賞できたので、本当にここまで頑張ってきて良かったなという想いで一杯でした。しかし、実際に書籍化作業などをしてみると思ったよりも大変でして、嬉しさに満たされているのは初めだけでしたが（笑。

さて少しだけ本編を振り返ります。

天才錬金術師でありながら、農作物を愛するエルの物語はいかがでしたでしょうか。彼の誕生は、なんとなく天才だけどちょっとベクトルが違ったキャラクターだと面白いかな……と思って生まれました。

そしてやはり、フィーはずっと苦労しているようで（笑。

彼の周りはきっと、今後も色々と賑やかになっていくのでしょうね。

本編の最後では迷宮へ向かう話になっていましたが、果たしてエルとフィーはその迷宮で何を見つけるのか。または何をするのか。色々とご期待いただければ幸いです。

謝辞になります。

ネコメガネ先生、素晴らしいイラストをありがとうございました！　それぞれのキャラクターがとても生き生きと描かれており、本当に感無量でした。

担当編集さんには大変お世話になりました。プロの編集の方の意見はとても参考になり、本作をさらにブラッシュアップすることができたと思います。重ねて、感謝申し上げます。

また、校正様、営業様、装丁様の協力などもあり本作を出版することができました。友人や家族にも大変お世話になりました。

改めて数多くの人の協力があったからこそ、ここまで頑張ることができました。本当に読者の方を含めて、皆様には感謝しかありません！　ありがとうございます！

また、同じホビージャパン様のＨＪ文庫から９月１日に『追放された落ちこぼれ、辺境で生き抜いてＳランク対魔師に成り上がる』の第１巻が出版される予定です！

こちらの作品は学園バトルファンタジーになっておりますので、もし良ければよろしくお願いいたします！

それではまたお会いしましょう！

二〇二〇年　七月　御子柴奈々

Anytime I can!
いつでも自宅に帰れる俺は、異世界で行商人《ぎょうしょうにん》をはじめました
霜月緋色 著
Hiro shimotsuki
ill. いわさきたかし
1～2巻 好評発売中!
3巻 今冬発売予定!

「小説家になろう」
四半期
第1位
異世界転生・転移
ファンタジー部門
（2019年8月19日時点）
コミカライズも
大好評連載中!!
漫画：明地雫
原作：霜月緋色
キャラクター原案：いわさきたかし

コミカライズも
コミックファイアで
好評連載中
!!!!!!!
3
江本マシメサ
ill.仁藤あかね
『王の菜園』の騎士と、
『野菜』のお嬢様

お互いの気持ちを知り、結婚へと動き出したリュシアンとコンスタンタン。
しかし、隣国の王女が輿入れする影響で婚礼用品の買い占めが発生。
ドレスも指輪も手に入らなくなってしまう。
しかも、王の菜園での新事業開始も近づいて二人は大忙し！
そんな中、新しい侍女ソレーユの秘密もばれてしまって――
✦ ✦ ✦
堅物騎士とお転婆お嬢様の恋物語、
ハプニング満載な第3幕!!
2020年秋、発売予定!!

コミカライズも連載中の
スナイパー英雄譚！
漫画：瀬菜モナコ
原作：かたなかじ
キャラクター原案：赤井てら
著／かたなかじ
イラスト／赤井てら
発売予定!!

魔眼と弾丸を使って
異世界をぶち抜く!
第9巻 2020年秋

著／保利亮太
イラスト／bob
ウォルテニア半島に
居を据えた
御子柴亮真の
躍進は続く――。
2020年秋　発売予定！

コミック版も好評連載中！
漫画：八木ゆかり
原作：保利亮太
キャラクター原案：bob
コミックス
①～⑥巻発売中!!
コミックファイア公式サイト
http://hobbyjapan.co.jp/comic/
ウォルテニア戦記XVII

HJ NOVELS
HJN51-01

史上最高の天才錬金術師はそろそろ引退したい 1

2020年8月22日　初版発行

著者――御子柴奈々

発行者―松下大介
発行所―株式会社ホビージャパン
〒151-0053
東京都渋谷区代々木2-15-8
電話　03(5304)7604（編集）
03(5304)9112（営業）

印刷所――大日本印刷株式会社

装丁――Tomiki Sugimoto／株式会社エストール

ISBN978-4-7986-2275-0　C0076

ファンレター、作品のご感想お待ちしております

〒151−0053　東京都渋谷区代々木2−15−8
(株)ホビージャパン HJノベルス編集部 気付
御子柴奈々 先生／ネコメガネ 先生